你怎样过一天，就怎样过一生

梁爽——著

青岛出版集团 | 青岛出版社

图书在版编目（CIP）数据

你怎样过一天，就怎样过一生/梁爽著. —青岛：青岛出版社，2023.6
ISBN 978-7-5736-0025-7

Ⅰ. ①你… Ⅱ. ①梁… Ⅲ. ①散文集－中国－当代 Ⅳ. ①I267

中国版本图书馆CIP数据核字（2022）第028274号

NI ZENYANG GUO YITIAN，JIU ZENYANG GUO YISHENG

书　　名	你怎样过一天，就怎样过一生
作　　者	梁　爽
出版发行	青岛出版社（青岛市崂山区海尔路182号）
本社网址	http://www.qdpub.com
邮购电话	18613853563
责任编辑	龚雅琴
特约编辑	崔　悦
校　　对	耿道川
装帧设计	蒋　晴
照　　排	梁　霞
印　　刷	三河市良远印务有限公司
出版日期	2023年6月第1版　2023年6月第1次印刷
开　　本	32开（880mm×1230mm）
印　　张	9.5
字　　数	195千
书　　号	ISBN 978-7-5736-0025-7
定　　价	39.80元

编校印装质量、盗版监督服务电话 4006532017　0532-68068050

用心生活的每一天，都是一生中最好的年华。

内外兼修从来不是一句空洞的口号，

需要落实到现实生活中。

需要每个“知易行难的好习惯”的累积、

“关关难过关关过”的毅力。

既有前瞻性又明智地投资自己的女人，

共性是都有双远光灯般的眼睛。

能把自己经营得肉身可爱，

灵魂可贵。

少走弯路在我看来，也会错失风景。

再版前言

2018年，我出版了人生中第一本新书《你来人间一趟，你要发光发亮》。那段时间，我最喜欢听到编辑跟我分享加印的悦耳喜讯。直到现在，我仍喜欢看到读者在微博上告诉我，这本书是他们难受时常放枕边的读物和“速效救心丸”，让我觉得自己何德何能又何其有幸。

这本书集结了我过去四五年的文章，集结了我的青春和年少时光。第一次出书的梦幻心情，想起来仍然雀跃不已。

三年后，当悦读纪的编辑找到我商量打算再版这本书的时候，希望我再补充几篇新文章。

我先放下手机，一本正经地走向家里洗手间的镜子，关起门来充分释放自我：“谢谢 CCTV，谢谢 MTV，谢谢 Channel V，谢谢我的爸爸妈妈，谢谢我的爱人孩子，没有你们，就没有这本书的出版和再版……”

戏精表演完毕，我再次一本正经地拿起手机，利落地回答：“好的，那我准备几篇新文章。”

我仔细重读第一本书，回忆和感受着很多有意思的过往。比起我此后心态更稳重、内容更具干货的书，这一本书观点更强，文笔更爽。

我试着带入过去的心境，写了几篇文章，比如《逼自己一把，也放自己一马》《我无法再年轻，所以要主动地活》《“15分钟行动派”品尝到的人生果实好甜》和《我平衡工作和生活的“机器人”策略》。

这本书里的文章，大多完成于我30岁前，如果要让现在的我带给过去的自己什么经验教训的话，我拿起纸笔开始列。

我可能会希望过去的自己早点儿买房，不要买公寓，因为升值空间基本可以忽略不计；过户之前查清楚户口情况，不然此后几年不得安宁；要把珍贵的首房首贷资格留给值得的房子，甚至想建议还在读大学的自己，假期就去房地产中介公司实习。

我可能会希望过去的自己更加开心。那些当时让我掉头发、睡不着的事，到现在我一件都记不住了，想报仇都找不到目标。那些当时让我很生气、很愤怒的人，确实不值得大动肝火，毕竟自己的肝很宝贵。

我可能会希望过去的自己早点儿行动，早点儿开公众号，早点儿尝试做视频，不要畏首畏尾、患得患失。过去十年，时代发展剧变，造成现在种种差距的原因未必在于能力，更在于对时机的把握，那些热衷于“试试看，改改看”的人，更可能刮中时代的刮刮乐。

我可能会希望过去的自己更有远见，不要把自己局限在小范围里，不要只接触三观相似的人和事，不要打着“我不合群我真酷”的旗号独来独往，应该开放心态，脑子活络，多交些朋友，多出去见世面，多探寻现实游戏的玩法。

我可能会希望过去的自己注重身体，早点儿养成健康的饮食、健身、作息习惯，多提高审美能力和美商，好好修炼皮囊，为悦己而容。

话虽如此，我也没有真正后悔。其实我很喜欢现在的自己，以现在的自己为豪。

我和爱人生活在喜欢的城市里，从无到有地拥有了自己的家，去年有了我们可爱的女儿。我在工作中找到了自己的位置和价值，也在工作之外把写作这个爱好发扬光大。我这个草根写作者，凭着热忱和自律，后续出版了《当你又忙又美，何惧患得患失》和《当你自律自控，才能又飒又爽》两本畅销书。

我最该感谢的，是过去那个会逼自己一把，也会放自己一马的自己，因为这样的自己，既让我感受到内心的安稳有力，也感受到世界的灿烂盛大。

谢谢你们一路的见证和支持，我会再接再厉，祝你们阅读愉快，人生畅快。

梁爽

2021 年 6 月

目录

第二章

你怎样过一天，就怎样过一生

第三章

你必须精力饱满，才经得住世事刁难

第四章

你期待的未来，其实并不遥远

第一章

你来人间一趟，你要发光发亮

致我们总在
复制粘贴的生活

如果回忆不起来昨天吃了什么、前天做了什么、周末玩了什么，我体内的预警系统就会亮起红灯——最近状态太差劲了。

我曾经有过那样的体验，把每天过出雷同感：浑浑噩噩地醒来，匆匆忙忙地出门，左手摸右手的工作闭着眼睛也能完成，公司附近的饭馆的商务套餐已经吃到腻烦，每天乘坐同一辆公交车听着烂熟于心的报站声，每天接触同一拨熟人聊着老生常谈的旧话题。

这就好像是把昨天的日子 Ctrl+C 过来，保留原格式地直接 Ctrl+V 在今天的空白文档上。

日子过得没有地标建筑，没有回忆索引，没有参差不齐，看似风平浪静岁月很静好，其实慢性消耗没有记忆点。如果这是个《天天爱消除》的游戏，我压根儿不用手指操作，相同的日子就自动一连串被消除了。

在我看来，总是自我重复建设的工作很无趣，总在自我复制粘贴的生活真无聊。

每天重复性的工作如有雷同，纯属正常。我以前做过文员，接手之初，觉得操作繁复，熟练之后发现这只是份体力活儿。单调、乏味、机械的工作让我意识到：产业升级和业务细分，使人只能从事漫长产业链中一小个环节的工作，囫囵吞枣、墨守成规的白领，和生产线上那个自带固定程序的工序没有区别。

其实得过且过也能过，但我不想将就着过。我拒绝停留在昨天的延长线上，立志要把每个工作日都过得宛若新生。

当试着对业务合并同类项归纳经验时，我脑子里问号的吞吐量大得惊人，从不同角度答疑更让视野像是开了广角镜；当负责接听部门的客服总机电话时，我接触到更多行业社区的成员，反思自己的操作对上下游的作用力与反作用力；当培训部门的新同事时，我用新颖的方式分享案例，只有新人迅速上手，我才有精力去辞旧迎新。

能中和职场上类似疲惫和损耗这种“酸”的，唯有诸如好奇心、探索力、创新感那些“碱”。

工作之外的生活，我当然更不能过成一个像刘瑜说过的连指纹都找不到的犯罪现场。

自我重复算不算抄袭？当然算，今天抄袭昨天是种劣质抄袭。

于是，我很早就开始实践“让每天生活都不一样”的生活专题，美好生活，有“技”可循：

1. 生活中多安插一些稳中求变的伏兵

消灭一部分身体和意识里的维稳部队，对一成不变的生活揭竿而起吧。

吃喝方面，经常更换蔬果荤菜，连主食都争取成为百变星君；出行方面，每次都走寻常路真没劲，变换路径等于改造心情；穿搭方面，戴上个性的胸花或围上别致的腰带，大同小异的职业服装也能贴上“我”的 Logo（标志）。

从小细节切入也有大景观，生活中不缺少乐趣和新鲜事物，别让我们的思维和习惯把身边许多美好事物都雪藏起来。日常的种种小巧思、小仪式、小慧心占据不了你的精力内存条的多大空间，却能大幅度地稀释生活中的同质感。

2. 把生活的步调设置成慢镜头模式

米兰·昆德拉在《慢》中讲述了一个人们熟视无睹的场景：当一个人在路上走的时候，如果他此时突然要回想什么事情，就会机械地放慢脚步；反之，如果他想要忘记刚刚碰到的糟糕事，就会不知不觉地加快步伐，仿佛要快快躲开在时间上还离他很近的东西。

他得出的结论是：慢的程度与记忆的强度直接成正比，快的程度与遗忘的强度直接成正比。

我的经历多次验证了昆德拉的结论。我清晰地记得自己在舒缓的音乐下练瑜伽时呼吸吐纳感觉到的海阔天空，记得自己零基础地学花艺时调整花叶的聚气凝神，记得自己亲手做蜂蜜、腌柠檬时打磨美食的气定神闲。

慢，是对生活的真诚，放慢的姿态让人更加记忆犹新。

3. 自己的每一天都要拿出诚意和用心

婆婆是那种岁月经不住她折腾的女人，我最爱听她讲过去的故事。她有一个绝技——几十年前的往事，她也能追溯具体的年月、当天的天气、门票的价格、在场的人物，甚至说过什么令人印象深刻的话。

都说人老记性差，可她居然可以还原现场。经过一番观察，我发现她总在循环的大重复生活中注入小变革，重复的是一日三餐，变革的是菜式摆盘、音乐香氛的运用；重复的是日常聊天儿，变革的是将心比心、全情投入。

所谓的记性好，是因为她对过去的寻常日子诚恳和用心，当时尽量埋下的惊喜，让日后回忆起来能精准定位到坐标。

总在复制粘贴的生活真没意思，而另起一个新文档，摆脱精神上的闭关自守，乐于尝试新鲜事物，不断探索未知的边界，每天都刷新记忆，这样的日子才值得过。

我觉得“岁月”这个词太过大刀阔斧，“日子”才是时间的基本度量单位，“岁月日”这种表述才够细致贴切。毕竟我们怎么过完这一天，就怎么度过这一生。

毕业后，
我不忍心自己有股毛坯感

在我心里，有一种五星级杀伤力的仪式感，那就是毕业典礼收摊儿之后，忘记了应该继续学习。

我见过同事离开学校后，把所有教材论斤卖掉，从此再没翻过一本书；我遇过同学考完六级后，把所有单词本束之高阁，让脑中的英文自行挥发；我听过网友步入社会后，把自己精神货架上的梦想撤掉，只用爱情对人生偷税漏税。

日常生活低水平重复，思想上缺乏进步，长此以往，我们会亲手把灵气和神采从自己的体内抽空，使自己变成一个得过且过、无精打采的人，躯壳仿佛变成一间墙体斑驳粗糙、管道肆意暴露、散发泥土味道的毛坯房。

“家里充斥着平凡的回音，生命被忧愁侵蚀着，因为我们反复呼吸着自己呼出的呼吸，每一天我们的影子比脚步去了更远

的地方”，我生怕梭罗书里这种憋屈无聊的状态在自己身上演绎出来。

而我认为唯一能抵御这种侵蚀的武器，是通过学习、充电、阅读等自我提升的方式，持续让自己的大脑和内心发扬光大。

1. 永葆学生感让人历久弥新

我大学时把重心放在实践和旅行上，常和校友异想天开地想些小发明（光说不练），热情高涨地参加社会实践，做花式兼职锻炼能力，买张火车票就去丈量中国，以别致的途径在成长。

工作后，跨专业就业的我，与职场资深人士或专业院校毕业生相比，触目惊心地意识到自己在知识上有多少短板，技能上有多少欠缺，思想上有多少漏洞。我对不少贸易术语分辨不清，一知半解，开会时听前辈们半中半英的培训听得很吃力，拿到 BEC（商务英语证书）却仍然不太听得懂电话那头的印度英语，这让我太焦灼了。

那段时间的刻苦程度全方位碾压高考岁月，中午我放弃午休泡在行业论坛里学案例、抄笔记，加完班之后直奔书城直至肯尼·基的萨克斯音乐响起，带着问题见缝插针地去请教前辈并记下答案反复琢磨，周末常常坐在图书馆里研习业务以及延展书籍，看印度电影三番五次地按下暂停键摸索他们的发音规律。我仿佛听到自己骨节生长的声音，悦耳极了。

后来我成为转正最快、业绩最好的新员工之一，那个阶段的努力让我深信，其实毕业了才更需要进步，只要专注学习，还是有可能在一个新领域里迅速伪装成一个高手的。

2. 没钱不是自我荒芜的理由

之前有位朋友向我抱怨毕业后学习是个烧钱的项目：读个在职研究生，学费太贵；参加外语培训班，也不便宜。

如果你更注重知识而不是文凭，更在意内容而非形式，其实是有很多可行性学习方案的，其中还有不少免费方法。

各种学习型 App（应用程序）轻松击穿各种借口，轻松获得的名校课程、创意演讲、专题纪录片，种类繁多任君挑选，你可以一周给自己安排三四堂课，上下课铃声自己掌控，十分便捷。

想练英语口语也不是非得去专业的英语培训机构，你觉得小几万元的学费有点儿贵的话，我的亲身经验：一是寻觅英语角，朋友领我去的某大学留学生宿舍楼下的英语角，外教云集，氛围上佳；二是与外国人合租房，我曾有一任英语流利的室友，有时我教她中文，平时用英文和她交流，那段时间进步喜人。

个人可持续发展终究还得靠兴趣驱动，我在日语培训班学习时，碰到深爱日本动漫的高中生第一堂课上就能和老师对话超 8 个回合；见过痴迷美国偶像的同事加入字幕组翻译明星访谈，在 KTV 一首英文饶舌说唱让我误以为没消原音。

不是只有花大价钱才能增加艺术细胞，我认识的一位美女，和她逛街不知不觉就被她领进街边的文房四宝、琴棋书画商店品评一番。周末我们的碰头地点常是美术馆或摄影展场所，有时她带我去参加图书馆或博物馆组织的讲座、展览，和她在一起，我常常不小心被艺术撞一下腰。

3. 不读书会让自己有折旧感

我接触过很多进步青年，凭他们的夜以继日和爱书如命，居然才把中国成年人年均读书量拉到不足 5 本，从反面证明了很多人毕业后就变成阅读绝缘体。

我常常觉得人的生理进化还没跟上科技进步。长期以来证实铅字和纸张的组合，对人类的眼睛与大脑的刺激机制是适合从容思考的，所以我是纸质书的忠实拥趸。

我会定期去书店扫货，翻开书用鼻子嗅油墨味的那一刻心情愉悦、经脉通畅；我家楼下有家出租书刊的小店，我和店主混成好友后，自己想看的书目不时会混进采购清单；每周不去图书馆就觉得电力不足，一次借 6 本书，用自助紫外线杀菌机消毒后背回来，当然有看到一半丧失兴趣的，也有看几遍还不够的。

对阅读不感兴趣的你，我可以分享一个“曲线救国”的案例：我有个朋友之所以变成无书不欢的书霸，转折点就是参加同城读书会，把故事脉络和观后感想做成 PPT 上台演讲，台下书友的掌声极大地激发了她对看书的热情。

生活习惯日益粗放化时，我们不妨看些保养书以自我警醒；觉得陷进负能量压缩包里爬不出时，我们不妨看些心理书以自我疗愈；深感人生困顿茫然无措时，我们不妨看些哲学书以自我明朗。

我很赞同“为你喜欢的事物早起两小时”这个提法。早上 5

点起床看书是我保持近十年的习惯了。早期或许为了减缓学习焦虑感或者辅助做好工作，我需要涉猎一些有用的书，但随着年月的递增和兴趣的聚焦，落脚点回归到了自己真正享受的内容上。

当我看了一本意境被营造得奇特迷人的小说后，会角色附体地感知别样人生；当我看完一本深得我心的哲学书后，经历三观震荡，想法更加豁达通透，幸福地进入一种歌德所说的“静谧的激情”中。

我向往枝繁叶茂、新鲜缤纷的生活，总想爆破一些平庸、无聊的生活因子，总想挣脱家长里短、琐碎不堪的一地鸡毛，时刻拧紧学习那根发条，通往自我修缮之路。

精神上的添砖加瓦与装修打磨，能最大化地减少自身的毛坯感。

职场上，你不必成为“不可替代”的人

初入职场时，我把“要成为公司不可替代的员工”奉为圭臬，现在诚恳地向“圭臬”致歉。

首先，职场上没有什么人是不可替代的。白宫一把手说被弹劾就被弹劾，也没见贻误国事；公司中高层说空降就空降，也没见公司运转不畅。少了谁地球就赌气不转了？

其次，在初、中级岗位上不被替代多令人糟心？劳动密集型的资深录入员也许很想轮岗，常年在基层工作的人员可能盼着被升为管理层人员。他们内心好想被替代你知道吗？

再次，这年头儿连公司本尊都常被替代。皮之不存，毛将焉附？

最后，如果自我的进步值远超公司的发展速度时，公司前景与自我目标南辕北辙时，抑或公司已经忘掉初心而你还牢记初心时，你有没有迟疑过，你成了公司不可替代的人，但公司是不是

你不可替代的公司？

所以，“成为公司不可替代的员工”的宝贝信条还是赶紧下架吧。

说得极端些，职场机器的残酷性在于，它就是要消灭“不可替代”的员工啊。

进入大企业，从着装规范到业务流程再到考核标准，一应俱全，刀枪不入，在层层制度下你只是完成某个工作节点的螺丝钉，别说置换你一个人，就算整个部门的人被替掉的情况都屡见不鲜。启动公司机器“招聘—培训—上岗”的一键式按钮，培养皿中活好价廉的人才立等可取。

你若身在小公司，初始状态下一片混沌看似天地广阔大有作为。公司尚小时，领导或许给你灌情怀、打鸡血、画大饼，让你心甘情愿地一人分饰几角；公司成长后，领导陆续开始加人手、颁新规定和绩效考核时，很可能就会对你招之即来挥之即去。小公司的机器也就逐步建成。

职场代有人才出，一代新人换旧人。你若把太多私人感情寄托在职场上，这不是职业化的行为。老板在困顿时给你的承诺“好好干，将来亏待不了你”，你不必执着；领导的年终大会致辞“没有各位的努力，就没有公司的发展”，你听听就好。

在梦醒时分，有时伤心是难免的。连本是同林鸟的夫妻，大难临头都能各自飞，更何况是面对一堆运营成本账单以及资产负债表的公司。企业本质上就是要以盈利为目的，你若不能为其创造利润留你何用？

别躺在过去的功劳簿上，你要持续提高工作能力，避免成为阑尾型员工，职场机器才可能放你一马。

在我的职场生涯里，我很感激有位带过我的前辈。能被他带领入行是我的荣幸，他业务精湛，知无不言，每次像备过课一样，耐心地把工作环节的来龙去脉、私家案例、操作死角大方告知。我得知他常被调换部门，有时快当上主管了又被换到另外的部门从头做起，一直为他鸣不平。

我转正前请他吃饭以表谢意，席间我们谈到“不可替代性”的话题，便对他提出了两点疑问：“一、每次教人都不藏私，不怕教会徒弟饿死师父吗？二、一次次地重新开始不会觉得灰心丧气吗？”

他大方地解惑：“一、只有新人迅速上手，他的工作被人接替后，他才能腾出手去学别的新知识；二、他不是为别人打工，而是为自己工作，主动申请调到其他部门学习锻炼，是想满足对其他环节的运转流程的好奇心。”

我感叹：“前辈表面上的‘可替代’，原来是在酝酿竞争力上的‘不可替代’。”

前辈摇头否认：“乱世才出英雄，社会有序后很少有人不可替代。技术不断更迭，长期看没有多少人有我有的能力，保持进步进取、寻找工作乐趣才是王道。职业操守和专业技能在手，被替代与否的问题不用太愁。”

我心目中一位德高望重的大领导曾跟我说过："你为公司付出了多少，上司心知肚明。"但我更想说："我为工作付出多少，上天心中有数。"

上班多年后我才逐渐厘清，工作这件事说到底是自己对自己的交代，说得唯心点儿，甚至与他人无关，当然不是指合作层面。

有多少人会有心酸和不甘的追问，像是："我今年这么努力，为什么先进人选另有他人？""面对付出和收获不成正比的工作，是不是还不如省点儿心呢？""干多干少都领相同的工资，干得多错得也多，我图个啥？""上司轻视我，不消极怠工我是不是傻？"

在我看来，消极怠工就是职场里最大写加粗居中的"傻"。你的消极应对，怠的不是"工"，而是你自己。你消耗宝贵的时间、精力去做损人损己的事，而且对个人来说，损己的成本比损人高昂多了。杀敌八百自损一千，你何苦呢？

业务的精进需要持之以恒、聚沙成塔的积累，就算你的小聪明暂时能骗过公司、混过自己，但你始终无法瞒过时间。

工作中那些百口莫辩的委屈、多做多错的失落、思虑不周的疏漏、付诸东流的挫败，你说因为这点儿小坎儿把自己置于边缘化境地好呢，还是把这些挫折转化为经验存折更划算？

你不必费尽心思地追求"不可替代"这种虚妄的目标，也不用自导自演地测试公司没有你能不能活，答案大多令你失望。

自己匀速成长与工作开心更加重要。最惨的莫过于对公司给你的薪水嫌少，你反而搭上自个儿的进步空间和心情指数，真是赔了夫人又折兵，三重折本亏到人仰马翻。

你工作终究是为了自己！如果你能降低对外界影响的敏感度，以自己的节奏学习成长的话，当公司欣赏并尊重你的付出时，你能报答公司的培养之情、老板的提携之恩，当你和公司不再同心同德时，也给自己一次重掷色子的机会，万一被公司扫地出门，还能从容地寻到一条体面的退路。

总之，职场上，你没必要总去想怎样成为在别人心中那个“不可替代”的人，因为为自己工作的人，压根儿没有“可不可替代”这一说。

20 来岁的浮躁，让你自乱阵脚

前段时间，我网购了一块小白板放在家里。我在小白板中间画了一条竖线，分成左右两边，左边罗列出五六项每日的待办事项，右边记录着两三篇文章的写作灵感。刚开始的时候，左边每被涂掉一项事项，右边每新增一个素材，我心里就会生出一股成就感，觉得自己在时间管理和捕捉灵感方面越做越好。

但后来我渐渐意识到，我的效率不升反降。经排查后我发现：越写越密的小白板让我心浮气躁。

左边的待办事项，让我还没做好一件事情，就想做另一件；右边的灵感记录，让我还没写好一篇文章，就想写另一篇。我开始感觉写作变得痛苦，脑子里杂乱地并列着多篇文章的主题和素材，反而更难专注地写好一篇文章。

我回想自己写作手感最顺的时候，是选定一个选题，去深挖、发散、联想的时候。为了重回自我巅峰状态，我改变了使用小白板的方式——把左右结构改成上下结构。我取消了左边待办事项的记录，聚焦某个选定主题的写作，上面一栏写出这篇文章的主题，下面是紧扣这一主题的灵感存根，包括观点、例子、结构等。

一个小小的改变，让我被稀释掉的专注力又高度凝聚起来。

这块小白板就像是我的大脑的投射，当我不再三心二意、贪多求快，而是静下心来好好做事时，就发现内心不会焦灼和纠结，写文章的速度和质量也有所提升。

上个星期，领导带我和一个年轻同事去拜访客户，对方的几个总经理级别的领导接待我们。中午一起吃工作餐，在场的双方领导，平均年龄大我俩 20 多岁，大家边吃饭边聊天儿，说起当年怎样耐住性子十年磨一剑地做企业。

饭后等车时，在我和那位年轻同事单独相处的时候，他对我说：“时代不一样了，领导们年轻时贫富差距小，能一门心思地钻研业务，加上那时市场机遇好，容易出成绩。可是到现在，房价日新月异，要坚持做点儿什么真的不太现实，看着别人买车买房，谁的心能淡定下来？”

我觉得年轻同事的想法十分耳熟。

在我身边，未必没有人想一夜成名、一夜爆红、一夜发财。

但周围的人，比你优秀还比你努力，比你忙碌还比你美丽。

修得两个学位的超级学霸、经营三家公司的创业天才、横跨四个领域的跨界牛人，让多数人处境焦虑、内心浮躁。

年轻人希望自己少年得志，普通人希望自己逆袭成功，创业者希望自己抢占风口。

但其实逆袭成功的，往往是那些能静下心来，把时间、精力、金钱、资源和毅力形成合力，投注到做一件事上，争取把事做好、做透的人。

我们先别提什么“不积跬步无以至千里”“天才需要积累一万小时”之类的老生常谈。

就算我们在网上下载连续剧，如果多个任务同时进行，要等更久才能下载下来，而只有先把第一集下载好，边看前面的边依次下载后面的视频，才能高效追剧。

我越来越相信，心思分散、浅尝辄止的人可能一无所获，专注深耕、持之以恒的人常能笑到最后。

最近我收到一条读者私信。

他是今年的应届本科生，离校 2 个月，跳槽了 3 次。

他说自己急于做出成绩，想尽快买车买房，但是跳槽越频繁，心里越迷茫。我很想劝他想清楚自己要什么，然后静下心来坚持下去，但又怕说服力不足，于是找来《万达工作法》里的识人术。

一般人从普通员工到基层管理层，大约需要 3 年的时间，年龄一般在 26 岁以上；中层管理者一般在 32 岁以上，需要 3 ～ 5 年的时间；高层管理者一般在 40 岁以上，且需要更长的沉淀时间。

万达在招聘时从这几个维度来识人：

连续性：如果出现了经历断层，不是创业、身体原因，就是找不到工作；

稳定性：如果 1 年内出现 1 次以上的跳槽，可视为稳定性差或能力不足；

定位性：如果几次跨行跳槽，说明规划和定位模糊，属于走一步算一步。

万达的识人术，大概能代表很多公司的用人之道。就算不站在用人方而是站在个人的立场上考虑，我也想劝他沉下心来，不是说跳槽不好，而是精进业务需要时间。

以前我做海外销售时，有个同期入职的男同事，开局打得漂亮，比很多人积极主动、高效进取，是我们印巴市场界的成单小霸王。后来他觉得公司的提成不高，跟我们说了自己要在 30 岁之前买房之类的话后，就带着手上的资源跳槽了。

那家公司开出的条件不错，但印巴市场没有优势，他手上合作过几次的客户对他也没有多少忠诚度，他只得重新开拓其他市场，后来陷入越跳槽越糟的循环。

当时公司有几个同事爆发力不强，但耐力十足，越做越精通。其中一个女同事，毕业后就没换过工作，这在流动性很高的公司里实属难得。很多离职的同事交出的客户资源，老板都优先分给她。她会过滤一遍，把利润率不高的客户交给其他同事。

她渐渐掌握公司的核心资源，业务能力十分精湛。老板和老客户都很信任她，而她在 30 岁前买了 2 套房子。我有个做 HR 的女友跟我说过，跳槽有个 3、5、7 的年份之约，掌握技能至少需要 3 年时间。

职场上，30 岁之前的跃升，取决于“静下心来做好一件事”。

之前看《人民的名义》时，有句网友评论我截屏下来了，给浮躁时的自己当“药”吃：

“《人民的名义》都是些什么演员？飙戏飙得上天了。那个谁谁谁，你演个腐败分子瞧把你嘚瑟的。导演给你多少钱，你这么卖力？我平时看‘小鲜肉’的戏，效率老高了，一心多用，又是快进又是吃零食又是刷朋友圈的，还经常中途弃剧……这下可好，全看戏了，我啥也没干。”

我用这个段子来提醒自己，静下心来做出的作品，别人会静下心来欣赏。

就像我看《战狼 2》的时候，手心捏汗，全情投入，后来知道制作团队不仅是在剧本上进行了精细打磨，力求每个镜头尽量真实，而且吴京提前 18 个月加入军营接受训练，一镜到底的水下打斗场面拍了半个月，为了防止投资方塞人拒绝了不少投资，最终才有了这部刷新华语电影票房纪录的电影。

刘震云在《一句顶一万句》里有句话：“世界上不存在大智

慧，就像世界上不存在才华这个词，存在的是琐碎。重复的事情不停地做，你就是专家，做重复的事特别专注，你就是大家，就这么简单。”

这句话，还真是一句顶一万句。

就连像日本这样匠人很多的国家，也有位作者发出感慨：“这个时代时兴高速度，不知不觉，一般民众对时间失去了耐性，不能心平气和地一直专注于某一事物了。我认为，恢复这种平静的心情是种修养。”

你若浮躁，自乱阵脚。在自己身上克服浮躁现象，是一种修养，更是一种远见。

我听过最自欺欺人的一句话是“我愿意努力”

最近与做人力资源的女友小聚，聊天儿中她分享了一个工作心得。这几个月是求职旺季，女友每天需要查阅很多简历和求职信。

有一天她统计了一下，在这些简历和求职信中，有个用“虽然……但是……”关联起来的句式高频出现。

应届毕业生说：“虽然我所学的专业不对口，但是我愿意学习。”

转行求职者说：“虽然我缺乏相关工作经验，但是我愿意努力。”

女友告诉我，她刚入行筛选简历时，曾收到一个刚刚毕业的女生的求职简历。女生诚挚且谦虚地说自己以前没有接触过这个行业，但对公司业务很感兴趣，希望公司给好学又上进的她一个面试机会。

女友被那位求职女生的诚意深深打动，打电话通知对方过几天来面试。后来面试时面试官问求职女生对岗位职责的理解，她答得支支吾吾；英语面试环节中提问她对公司的认识，“国企”的英文表述她实在想不出，情急之下只好切换成中文。

她大概也知道自己面试成绩不佳，在结束之前还不忘争取，说自己虽然还不够专业成熟，但是进入公司后一定不懂就问，尽快上手。女友再次听到那位求职女生的说辞，已经不会再被感动了，因为她口口声声说愿意努力，却连最起码的面试功课都懒得做。

后来女友筛选简历改变了侧重点：愿意学习的不如已经学习的，愿意努力的不如着手努力的。

《非你莫属》有一期的节目，主题是新媒体运营的招聘与求职。其中一位女选手长相特别出众，做过法务、开过酒吧，还从事过平面模特儿和网络直播。

刚开始我觉得这位选手年轻漂亮，经验丰富，胜算很大。嘉宾请她描述新媒体运营的工作流程，她回答需要维护和推广企业的公众号，比如策划选题、撰写文案、编辑推送、收集反馈等。

可当主持人落实到具体层面，问她几个运营相关的问题时，她都连连摇头，没排版过，没推送过，没写过文案，没有经验，说自己就是很感兴趣，很想学习。

听完她的发言后，有个老板质疑她的求职动机，看不出她是否喜欢这个工作，毕竟她没有钻研，也没有尝试；有个评委直说她的薪资要求不合理，既然是学习阶段，就只能接受实习工资，可能也干不长；有个嘉宾更加直接，问她是不是奔着提高知名度来的，她的表情流露出掩饰不住的无奈。

尽管选手表示愿意从最开始的工作学起，愿意接受更低的薪水，但场上的老板和评委认为，她想从事新媒体工作，至少可以先注册个人公众号，试着写点儿东西推送出去；至少可以先研究一下企业公众号，试着总结他们的定位、维护和推广。

很多时候，行为比语言更能表明心意。所谓的“愿意学习”，不过是自欺欺人而已，于人于己都很没有诚意。

前两年，有个大学男同学打电话给我问正事，顺便聊聊毕业后各自的境况。他听说我在深圳跨专业就业后发出感慨，还是深圳适合毕业生发展，包容性强，机会遍地，不硬性要求专业。他说自己在省会城市求职，海投简历，专业不对口的工作直接没下文。

我确实感谢深圳的发展机会，但对自身努力也是要恬不知耻地自我表彰一下的：

我本科学的是生物方向专业，喜欢生化奥秘，但不想以此为职业，大二时对国际贸易产生兴趣，于是除了所学专业之外，把外贸当作自学专业；

外语方面，除了四、六级之外，我报名了 BEC，主动联系到英语专业的一位女生，相约练习口语；

证书方面，我怂恿几个室友一起报考了物流证书，业余时间学习国际贸易、仓储物流等理论和实践课；

实习方面，我假期用奖学金做盘缠去义乌实习，实地感受如何接待客户、下单收货、报关报检等流程；

操作方面，我去校门口的打字复印店免费打工，替小店设计菜单，帮客人复印材料，熟悉软、硬件操作。

我尽我所能地做着准备，后来面试通知和结果反馈都不错，可惜心里最想去的那家公司叫我回家等消息后一直没消息。我那时倔强到不承认那是婉转拒绝，每天打电话问问有没有消息。

后来那家公司的老板给我打来电话，觉得我的机考和翻译挺好，更欣赏这段时间我的执着，于是提供了一个比我原先申请的更合我心的海外销售岗位给我。我进入部门才发现，大部分同事是考过专八的英语专业学生，或者系统学过国际贸易的学生，或者是已有工作经验和客户资源的跳槽者，像我这样完全变换跑道的人确实不多。

回想起来，我那时并没有表过任何决心，但事先的每项准备都足以证明我的决心。

最近我在看电视剧《我的前半生》，发现里面也有不少“愿意努力”的人：

刚刚离婚的罗子君去商场找工作，尽管再三表示自己能吃苦，愿意学，前期还是被人拒绝；受够白光的罗子群想与白光离婚，白光下跪求子群再给他最后一次机会，发誓愿意改过。

有些人总在说自己愿意学习和改正的时候，其实没有多少切实作为，反而真正从一件一件小事切实改变的时候，不必逢人就说，别人心里也有数。我发现语言上的大高个儿，行动上的小侏儒真的很多，他们高喊着“愿意努力”的口号，却没做“正在努力”的准备。

求职上，我愿意学，只要你答应录用我；减肥上，我要减肥，只要这种办法有效；情感上，我说想你，却什么都没有做。

其实对这些人来说，没被人录用，没减下肥来，没感情升温，自己事先已经埋下伏笔。经常把“愿意努力”挂在嘴边而迟迟不行动的人，说和听的人都不必信以为真，因为常发“愿意努力”的自我声明，一来让他们有了已经努力过的错觉；二来让他们渐渐耗尽了原本用于努力的能量。

我觉得有种人越看越酷：别人说了再做，我是做了再说；别人说了也不一定做，我是做了也不一定说。反正，一切都是对自己的交代。

请欣赏一个心里想要
就去主动争取的姑娘

最近有个关系甚好的读者向我咨询业余写作的事情。

她今年毕业，在四线小城市有份稳定工作，工作上手后，想用业余时间注册个人公众号开始写作。我俩交流了不少关于时间安排、选题排版、涉猎书籍之类的问题后，她信心满满地表态："我也要像你一样坚持写作，只要持之以恒，就会被人看到。"

我生怕她误以为坚持写就能被发现，速速温馨提醒她："如果你希望自己的文章被更多人看到的话，那么需要主动投稿。"

她果然提问如何投稿，我告诉她在我开号之初，主动给经常关注且风格吻合的大号留言或发私信，问小编有没有投稿的联系方式。

可能我的留言被淹没在大号海量的留言和私信里吧，只有 2 家的小编给我回复，把我拉进他们专门的投稿群里。随着写作时间的推移，我也加入越来越多的投稿群，每次写了文章就去群里投一投。她听完估计觉得挺意外的，说她喜欢我写的文章，以为是自己推送后，就会有其他号自动来转载。

一个“自动”暴露了她的不谙世事，正如美国女议员芭芭拉·乔丹说的：“等着被认可的人真的是太天真了。”

这年头儿写作爱好者和营生者已经供不应求，投了未必中，不投真没戏，不主动投稿等着机会自动降临的人，看来是想得过于乐观了。后来我经某个群主允许，把这位读者拉进了投稿群。

一会儿工夫，各位知名作者就把最新文章发到了群里毛遂自荐，希望群主翻牌，并配上“这篇阅读量 2 个小时就超过 10%”“这篇是针对时下热点的感想”“这篇在自己的平台上效果喜人”这类推荐语。

我猜她那时肯定深刻体会到：哪有什么自动发生的事？都是大家背后主动争取的结果。

这年头儿，哪有那么多陪朋友试镜却被意外选上的胡歌？哪有那么多走在街上就能幸运地被星探相中的鹿晗？

你不主动争取自己想要的东西，不主动展现成果表达诉求，很可能造成一场大型的自我埋没。

今年春节前后，我迷上一位 90 后的插画师，她叫倪传婧。

临近过年的时候，一直走简约风格的苹果官网画风突变地放了倪传婧的插画，线条细密流畅，色彩淡雅别致，在画面蔓延形成的涡流里，年味、趣味、国味都全了。我立马对她感兴趣，去了解她的信息。她生于广东，长于香港，在深圳学画，去美国读大学。对她的各种访谈，我印象最深的是她最初在美国找工作那段。

这小姑娘的理想是“成为一名出色的插画师”。画插画容易，可她想找到插画相关的工作不容易。她搬到纽约后，为了节省开销，住在偏僻区域，吃打折快餐，每天搜索编辑们的邮箱地址，硬着头皮发自荐邮件，有时候还打电话推销自己，省钱做明信片寄给各位主编。

她回忆说：“我现在觉得那时候的自己很无耻。”不过也是凭着那股韧劲，名不见经传的她开始在插画领域崭露头角，认识了越来越多的媒体，创作出越来越棒的插画。假如没有她当时的“无耻”，哪有后来《纽约时报》《纽约客》《华尔街日报》等平台的橄榄枝？她后来哪儿会拿美国插画界的大奖拿到手软？哪儿能成为《福布斯》艺术榜单上最年轻得主之一？

如果她当年等着在自己的小圈子里被认可，没有主动自荐和展示才华，有可能现在我们还没看到她的作品。

心怀梦想的人，最忌讳的就是矜持。心里想要就主动去争取的姑娘，活得真漂亮。

没有当年拿着自己写的小说一家家地敲开杂志社大门的倔强女青年，我们现在读不到张爱玲凄美动人的爱情小说；没有当年作品被巴黎美术展览会拒绝后，联合朋友筹办画展的执着男青年，我们如今看不到莫奈的印象派画佳作。

对自己想做的事，对内心沸腾的火，你千万别以为自己有好酒就可以心安理得地待在深巷里了，主动起来，为好酒打个广告吧。

我刚毕业工作那阵子，有一次经过茶水间，听到有三个同期进公司的小伙伴在酸酸地对小丁进行差评，还有拉我入伍的架势。她们看不惯小丁经常主动找主管请教业务、汇报进度，也看不惯小丁会上被表扬、工资连连涨。

有人臆想她是“邀功精”或告密者，还有人质疑公司的企业文化让踏实工作的人吃了亏。

当时我心里就唱起了小反调，作为海外销售部的职员，进行自我推销应该是基本功，大家都踏实认真地工作，领导的任务也应接不暇。往往能节约奋斗年限的人，属于埋头工作、抬头汇报的。而像那三个姑娘那样不肯主动展示野心，心里又希望获得认可和器重的，活得最拧巴。

我在上一家公司时，有段时间负责培训我们部门新来的员工。在某批新人里，有 A 和 B 两个女生尤其出彩。相较之下我更看好 A，每次她找我问问题时，她平时主动思考、积极复盘、在乎工作的种种行为呼之欲出。

有一次我找经理汇报，其间经理却突然问起 B 的表现。原来 B 主动向经理申请转正，表达了想在公司发展的愿望，用数据量化了自己的进步，希望接受经理的考查。

我回答 A 和 B 都表现突出，还特意替 A 美言了几句，但最后还是B提前被转正。后来A悄悄问我“试用期一般不都是三个月吗？咱们才试用了两个月，B怎么就转正了？”时，我心里分分钟想教她做人：有哪个领导会盯着实习生的表现，让表现最好的人最快被转正呢？你不主动申请，谁知道你想转正？

正如美国时尚女魔头凯特·怀特说的：“你的工作并不能传达所有信息，你需要站出来明确地表达自己。”

我的性格从小就不算主动。远远见了老师我会暗自绕开，感激别人的话永远放在心底，想挽回一段友情始终开不了口，被父母比喻为“盘子里的那条鱼，用筷子戳一下才动一下”。

但我的底线是：对我心里在乎的人和想做的事，就算结果不尽如人意，我也要主动争取试一试。

不主动争取的人，怕被人拒绝，怕没有面子，怕引起非议，索性把自己的努力和才华藏着掖着，结果在静观其变中错失良机。

很多关系，结束于你不明说，对方也等着；很多提拔，无果于你不申请，领导也忙着；很多梦想，未遂于你不主动，机会也绕道。

会不会主动争取，也会把条件相当的人分成两个阵营。

主动展示自己的才能与追求的人，会得到更多机会和资源，而被动等待别人的认可的人，常常因错失机遇而怨天尤人。

当你主动争取时，会发现世界都是你的。困难没你之前预想的难，收获却比你之后以为的多。

人生就像吃自助餐，你不主动拿自己喜欢的菜，那么注定吃得不爽。

你必须精力饱满，才经得住世事刁难

前几天我升职了。

事后人事部好友告诉我，在选拔例会上几位领导讨论我的升职事宜时，有位经理赞成的切入点居然是觉得我精力好。他说经常看到我一早上就神采奕奕，走路有弹跳感，说话绘声绘色，办事手脚麻利，加班也劲头满满。大领导把话接过去说："精力好就是硬素质，世上所有的工作，做到最后都是看精力。"

听完好友的转述，我觉得很汗颜，以前还没听说公司谁因精力好而被提拔。同时我又有点儿心虚，因为像我这种在西医看来是缺铁性贫血、中医看来是气血两亏的人，能给人精力好的印象，越想越心花怒放。

不管生活还是工作，归根结底我们拼的都是精力。

我有一次和同事上街，看她大热天里带着5岁的男孩儿出门。

男孩儿哭闹，她得温柔地哄；男孩儿乱跑，她得牵住他的手；男孩儿调皮，她得讲道理；男孩儿没力，她得抱着他走。

我边看边感慨当妈不易，要是精力不够好，连孩子都带不了。有一次我在知乎上看到一个提问：“《纸牌屋》中的大人物们经常晚睡早起，精力却依然旺盛，这真实吗？”

我给这个回答点了赞：“应该说没那种精力的人熬不到那个位置。”

工作上精力好有多重要？我大学假期去义乌实习，跟着接待东欧客户，陪着在商贸城里边逛街边下单。我原以为这很轻松，其实不然。上午我还精力十足，跟着客户逐家店铺地比货询价，给样品拍照，记订单信息。客户中午大多不吃饭，我越走越蔫。我猜当时客户看我没精打采的样子，会觉得我不够专业。

我认识一位年纪轻轻就在中日合资公司做品管部长的人。她年轻时工作太拼了，通宵达旦地研究质量管理体系。日方代表定期检查车间，为了方便沟通她开始学习日语，吃饭时饭菜能凑合，但啃单词、练听力的事不能凑合。她的敬业精神和专业素养让很多合作商大加赞赏，但遗憾的是她前几年生了场病，病好后精力就大不如前了。

后来我看到了脸色蜡黄、声音发虚的她，听说她现在不能保证全勤，评审机构或大客户来访，她还得专门吃药撑着，真为她遗憾。如果她保重身体，精力一直好下去，那该多好？

所谓精英，首先要精力好。

精力好和精力差的人，过的是两种不同的人生，拥有的是两种不同的未来。

我们在说精力的时候，其实是在说精力管理。

我高中同桌，大学拿到金融和计算机的双学位，在伦敦读研后回国进入四大会计事务所之一上班，是永动机一般的存在。

有一次她来我工作的城市出差，看到她精力满满的状态，我惊呼："你居然有一张没有被摧残过的脸。"那次见面她其实剧透了她精力过人的原因。她收工后就去按摩，还帮我预约了技师，让我下班后去找她。

我俩享受着舒适的环境和舒服的力道聊着天儿，她提到工作加班熬夜或一周飞几个省会是家常便饭。我劝她工作忙归忙，要爱惜身体。她告诉我她深度睡眠质量很好，在写字楼附近办了健身卡，上班前或午间会抽空锻炼，补充着蛋白粉，也不碰甜食，身体累了去做理疗，心情烦了去练书法。

我想起她高三时成绩从中上到拔尖儿，从不午睡但下午注意力保持高度集中，连着被几节数理化课轰炸还能思维活络，一有时间就去打篮球或看 NBA（北美职业篮球组织）。

她保持充沛的精力有天生体质差异，也与她的追求目标、生活习惯、饮食锻炼等要素分不开。

我发现精力好的人，会集中能量做重要的事。

比如村上春树在《当我谈跑步时我谈些什么》中所说："清晨 5 点起床、晚上 10 点前睡觉，一日之内，身体机能最为活跃的时间因人而异，我是清晨的几小时，在这段时间内集中精力完成重要的工作。

“随后的时间或是用于运动，或是处理杂务，打理那些不需高度集中精力的工作。日暮时分便优哉游哉，不再继续工作，读书或听音乐，放松精神，尽早就寝。我大体依照这个模式度日，20来年工作顺利，效率甚高。”

他说写长篇小说是体力劳动：“我们常常把创作想得太浪漫，忽略了真正的创作不能只靠灵气和才气，还要靠别的。”

这个“别的”，我理解为可持续的精力。身体与梦想兼容的人，懂得做全日制的精力大师。

比起我上述所说的同学或名人，我的精力值就让人见笑了，但比起身边的小伙伴，我拖着病躯还能有这样的精力，也着实让我欣慰。

下面我斗胆分享一下，如何做自己的精力大师：

1. 你若不把身体顾好，连精力都无处生出

马尔克斯说：“失眠是一种时疫。”睡得又早又好确实很难，天黑请闭眼，加班族请睁眼。就算不加班的人，玩手机和压力大甚至爆肝打游戏，也让人睡不着或睡不好。

规律且优质的睡眠是提高精力的利器，我的经验是：睡前少碰电子产品，让心绪缓和下来，冲个凉水澡，泡个热水脚，尽早入眠，有事早起来完成。

大忙人善于利用零碎时间来休息，以前我妈看周总理的回忆录时告诉我，他每天睡觉时间很少，管事又多，好在他经常“打

盹儿”。很多忙人有上车即睡和闭目养神的习惯。除了睡还有吃，半年前的饮食决定了你现在的健康情况。吃太多甜腻食物和垃圾食品的人，会让身体感到沉重。病愈后的李开复建议吃的食物要足够杂、粗、素、天然。

我觉得自己身体变好，离不开5点起床11点睡觉的作息和有的放矢进行补气血的饮食。

2. 我见过精力好的人，没有一个不爱运动

我早上起来运动过的时候，一整天都感觉精力超标；而缺乏运动的日子里，经常脾气暴躁，头脑熄火。

不运动的自己连手机电池都不如，充电8小时，从家到公司就把能量耗尽了。所以我常揪着自己的头发，从沙发上自拔出来去运动。我身边很多朋友从跑步中受益，清空脑子的闪存的同时，抹平琐碎的纠结之事，让人体力与精力齐飞。

电视剧的编剧在写到精英人设时，运动必须有，《欢乐颂》里的安迪每天晨跑，《纸牌屋》里的克莱尔坚持夜跑，弗兰克也练液阻划船器。

3. 精力珍贵，不要浪费在无聊的人和事上

精力很可能是有限的，尽管能培养，但始终有上限。

所以无谓地浪费精力的行为越早克制越好，比如潜伏在微信群里抢几毛的红包、敏感地解读别人对自己的看法、与三观不合的无关人员撕扯、把工作精力散在业务周边事情上、经常分心很

难集中精力干正事。

而高手说话经常简单干脆不磨叽，做事总是自律专注有秩序。纠结和诱惑消耗人的精力，他们对影响心绪的人和事有种取关心态。

偶像尼采在汲取知识方面，知道避开什么、抛弃什么，不喜欢泛泛读书，不认为读书越多越好，只挑自己有问题的书去研习。

他曾说过："我为什么这么聪明，是因为从来没有思考过那些不是问题的问题，没有对此浪费过精力。"抛开自恋问题，尼采这是大实话。

4. 持续的精力，来自内心对梦想的沸腾

我周围有一类人，有时间、有体力、有能力，就是没精力。

他们躺在沙发上玩消除类游戏，在手机上进行着"F"形轨迹的阅读，明明没干吗却整天喊累，做事萎靡不振，负面情绪爆表，没有努力目标，觉得生活无聊。

周国平说："无聊是对欲望的欲望。"为自己的精力找个归宿吧，要么挖到工作中的价值，让自己有动力；要么找到自己真正想做的事情，全情投入一把；要么培养一个爱好，争取做到半专业程度。

精力像是竹蜻蜓，有人拿着倒过来去摊煎饼，也有人放在头顶飞上天看世界。别让长吁短叹和无所事事，销蚀你宝贵的精力。

你必须精力饱满，不然哪里经得住世事摧残？精力一直好下去，就是你闪闪发光的才华。

姑娘，
请置顶你的赚钱能力

每次看到“女人为什么要有钱”“女人有钱有多重要”类的标题，我脑中都飞奔过一片“还用你说”的弹幕。

这年头儿，谁不知道“山无陵，天地合，才敢与钱绝”的道理？

没钱，别说在商场看上的衣服都得偷翻价签，别说拒绝不喜欢的男人的实力都不具备，就是心里委屈难受想要大哭一场，你还得心算一下脸上的化妆水、精华液和眼霜被泪水稀释后有多浪费。

我又想起自己毕业那年“眼霜很贵，不敢流泪”的样子：

那是我第一次领到薪水，脚踩风火轮地直奔专柜，花了当月工资的四分之一的一笔巨款买下人生中的第一瓶眼霜，隆重地犒赏自己这一个多月的奔波和辛劳。当晚我满怀仪式感地擦了眼霜，但临睡前接了个工作中出幺蛾子的电话，处理完毕后越想越伤心。眼泪快要夺眶而出那一刻，我拼命睁大眼睛，双手在眼边快速扇风，窝囊地生怕泪水冲刷掉刚擦的眼霜。

就奔着自己想哭就哭要哭得痛快这点儿心愿，我也得多赚点儿钱。毛姆有句话，说得真传神：“金钱就像第六感，没了它，你就无法最佳地发挥其他那五感。”

几年的职场鏖战过去了，说实话，其实我不认为眼霜的效果有多神奇，但随着自己能力和财力齐飞之后，别说不会再担心哭的时候眼霜被眼泪稀释掉，反而连想流泪的场合都少了许多。

表面上这是职位和收入水涨船高，实际上是能力和心态百炼成钢。

反正在我看来，钱很重要，但赚钱的能力更重要。年轻姑娘最该置顶的就是在这个社会上的赚钱能力。

是金子总会发光的，来得容易的钱去得也容易，凭自己的工作能力赚来的钱才踏实心安。

有人觉得有钱就有安全感，我觉得有赚钱的能力才更有安全感。

这种安全感，不会让你在银行卡余额少于某一限值时，整个人就产生一种资不抵债、钱难消灾的惶恐不安，而会让你有一种主动的驾驭感。

有一次我换房子，女友和我一起签租约。我看到女友拿着合同仔细研读，指出几条略有争议的条款让我确认，我和房东达成一致后才最终签字。

事后我夸女友审条款时专注又给力，她说她在工作中吃过不认真看合同的亏，有些对方不情愿告诉你却又不得不写的话常常出现在不起眼儿的地方，漏掉了就会吃大亏。

那个时刻我有点儿感动，原先同时步入社会的懵懂姑娘，现在越来越罩得住人了。

我再拿我不同时期的两个女领导做一个比较。一个领导通过二婚成为公司老板娘，对事务的判断常出差错，对团队的管控能力不足，业务知识更是匮乏，情绪化加上格局小，常用炫耀和排场虚张声势来掩饰自己的不安。

而另一个领导是从基层逐级升职上去的女主管，身经百战，懂得与人结盟练就彼此的默契，体察人心知道何时进退，会调整自己更会鼓励他人，就算事业失意也深谙东山再起的道与术，在不卑不亢中自带攻城略地的自信气场。

职场上历经一步一个脚印，一点一滴打拼出来的人们，更明白事物的发展规律以及解决问题的路径，身上会有由内而外散发的得体自信与潇洒霸气。

据我所知很多女孩儿的人生列表里置顶的还是感情，而且很多人认为感情和事业不可兼得。

我有个朋友，结婚后拒绝公司的提拔，因为担心升成部门主管后得兼管另一地区分公司的业务。

我正为她的决定而扼腕时，她却说女人婚后事业做得太好会导致婚姻不幸。

她不惜以“已婚演员获奥斯卡影后，必然会离婚”的奥斯卡影后离婚魔咒作为论据，煞有介事地列举先后验证这条魔咒的多位影后：哈利·贝瑞、瑞茜·威瑟斯彭等。

对她的论点和论据我一律拒绝接受，比如杨澜、敬一丹等事业、爱情都好的大有人在，再说奥斯卡影后们就算离婚也不愁嫁，再次结婚后感情反倒更加圆满持久，像是妮可·基德曼和茱莉亚·罗伯茨。

我想不通为什么还有女人担心自己事业出色会找不到对象，顾虑自己成为女强人后情感遭遇变故，焦灼自己越发优秀会让另一半底气不足。

首先在一起后你和他就组成了“我们”，你俩不是竞争而是合作，你们这一家人看钱是有多不顺眼？

再者你赚的不仅是钱，更是如假包换的能力。人在江湖飘，心有余而能力不足是很狼狈的。

最后说得薄情点儿，男人终究是外物世界的一部分，自有他的运行轨道，你为他放弃变好的可能，说不定他反而因为你没有变得更好而嫌弃你。

你想成为 3D 版的 loser（失败者）吗？自废赚钱武功就可以。

你的赚钱能力里，有你吃过的亏、上过的当、悟出的道理、进化的自己，是你在商业世界的生存饭碗和议价能力的综合体现。

愿你亲自把曲折的弯路走直溜，从泥泞中把自己拔出来，从无到有的路径彩排一遍，在赚钱这个前提下，实现内心的强大和丰盈。

没有属己感的女人
没的混

我那位最有属己感的好友结婚了。

记得在她的婚礼上，新娘的父亲含泪把女儿的手交到新郎手上，语重心长地对新郎说："我今天把自己的掌上明珠托付给你了，你以后一定要好好照顾她！"

新郎紧握着新娘的手，对二老深深鞠了一躬："请岳父岳母放心，以后她的幸福就交给我了。"

坐在我身边的女来宾哭成泪人，发自肺腑地为专业单身多年的新娘喜极而泣。而我好奇的是，新娘看着爸爸和老公在台上交换自己的归属权时作何感想？因为属己感显著的女人哪儿会甘心奉上自己的所有权？

后来我还真悄悄问过好友，她说："当时在那个场景下确实很感动，但转念还是觉得我是属于自己的，我的幸福取决于我，无法真正托付于别人。”此回答沿袭她一贯聪明潇洒的风格。

我与新娘相识多年，关于她的属己感体现在：她被询问意见时，回答基本会以“我觉得”“我认为”为前缀，很少套用“我爸妈说”“我男友讲”的句型；从小到大，她能做的决定很少劳驾他人，文理科的分班、院校专业的挑选、发展城市的取舍、择偶条件的拿捏，通通自行拍板，若遇父母偶有异议，便以“我喜欢，相信我，努力做”的三部曲打消爸妈的疑虑；每次我们聚会前都会收到她的温馨提示，以请知悉的口吻叮嘱大家别带家属，聚会中谁老是讲别人的八卦新闻，她总会及时“拨乱反正”；她背着大家画素描、学弹尤克里里、看书以及旅行，被问工作那么忙哪里来这么多隐匿时间，便说有许多只能自己独享的私人地盘和时段，神圣不可侵犯。

所以当我看到这么难以驾驭的女人被两个男人转让主权的时候，祝福之余略感滑稽。

随着时间的推移，我越来越欣赏像新娘这类属己感强的女人。我觉得她们大多个性鲜活、生活缤纷，比开了光速的 Wi-Fi 还吸引人，种群特征还是挺明显的。

1. 内心自信，行为潇洒

她们尊重并表达自我的真实感受，独立思考，果断决定，聪明止损，对他人的意见的敏感度不高，不甘心被别人的价值观喂养，不会担心周围人的不同反应而裹足不前，知道自己无法把所有人都取悦开心、伺候周到。

2. 不为任何身份自废武功

她们明白自己不同阶段有与之相映衬的身份属性，比如为人女、为人妻、为人母，还有各种社会关系，像是闺密、朋友、同事等各种情谊。但不管多重要的角色，她们都不会把自己全搭进去，日常损耗的坑洞需要发自肺腑的兴趣才能填平，只支出不收入迟早关门大吉，悦己才能怡人。

3. 太善于创造和体验生命

创作型项目做得越多，越能刷新存在感和成就感；体验类事物试得越频繁，越能品尝新奇感和充实感。她们深谙无趣味无以遣有涯之生，总会从繁杂琐碎的生活中抬起眉眼，寻找笑点与泪点，体悟甘甜和苦涩，于是把生活过得活色生香。

拿我配偶的外婆举个例子，这位 80 多岁的老太太鹤发童颜，体态匀称，目测比实际年龄小 20 多岁绝对不是拍马屁。

当她边用藏红花足浴粉泡着脚，边涂抹护肤霜给脸按摩时，我感觉她是个爱美爱自己的女人；当她退休后，组织很多老人去各地旅游，还是一路上的讲解员，并把旅程的见闻刻成光碟放给客人看时，我感觉她早已返老还童；当她坐在书桌前专注地阅读着书籍，邂逅好词好句条件反射般摘抄在笔记本上时，我感觉她过着一种与优雅知性紧密相连的日子；当老伴儿去了好几年，后来她想与在旅行中结识的老大爷共度余生，儿女颇有微词自己却勇于争取幸福时，我感觉她这属于自己的美好一生，说到底是对自己有交代的。

没有对比，就没有欣赏。我见过不少姑娘，以伟大和奉献的名义活得面目憔悴、迷失自我：她们要么用“做妻子就该有个做妻子的样子”来高频洗脑，要么拿“你知不知道我为这个家付出多少”来频频抱怨，要么以“要不是为了你我才不会放弃那么好的机会”来宣泄委屈。

当你主动交出自己的所属权，对生活丢盔弃甲、缴械投降的时候，所有委屈、不甘、戾气和怨恨都会接踵而至，不仅使自己痛苦不堪，连身边人都连带遭殃。

而活出质感的女人，往往具备属己感。每天她们都留给自己一点儿独处时光，远离一切泛滥的信息熵，阅读、浇花、瑜伽、冥想都行，也可以什么都不想不做，静静发呆放空。每当生活和工作难以招架时，你要朝着内心厘清秩序，在人声鼎沸中倾听自己，在波澜壮阔中沉淀自己，积攒能量以实现自我。

活给别人看的人，迟早死给别人看。没有属己感的女人没的混，因为放弃了自己唯一能当女一号的主场，反而跑到别人的阵地上刷存在感。

你若精彩，自己安排。

提高生活质量的神器——是你自己啊

我发现整天对照网络热帖或时尚清单买买买的人，生活质量未必能高到哪里去。这是在我参观同事家后，建立在所见所闻之上的所感。

我这位女同事的朋友圈里，最爱分享的帖子不是“作为精致优雅的女人，你必须拥有N件提升生活品质的玩意儿”，就是“入手什么神器后，会让人因为生活质量和幸福感提升而感觉相见恨晚”。

她把“女人在购物中塑造生活”当成座右铭，单单是我在公司看到她签收的包裹，就不乏象牙白水滴形的磨砂插花瓶、古朴风格的日式手绘米饭碗、创意十足的城市地图碗垫、迷你静音带香气的空气加湿器、隔水防油的高颜值厨房墙贴纸、不冒油烟只出美味的面包机等这类拔高生活格调的神器。

看着她身上出没的诗意配饰，目睹她上班拆封的匠心好物，我忍不住在心里想象她那优美如油画般的生活。在我心里，她是多会生活的姑娘啊。所以当她邀请我去她家做客时，我因获得美好的生活体验卡激动得难以自持。

没有期待，就没有伤害。她家给我一种“硬件很不错，软件跟不上”的总体感觉。

在她家我看见客厅角落里的加湿器周围有一摊水渍，瓶身落灰的插花瓶里的花草半死不活，厨房贴纸上的油腻剧透了贴纸的一次性命运。原本我还期待她用面包机给我做点儿好吃的东西，但她说用完店家附赠的发酵粉后就再也没用过面包机。最令我捶胸顿足的是她那饭菜上桌前铺报纸的习惯，一举两得地糟蹋了手绘碗碟和个性碗垫的美感，吃完后把带有菜渣油印的报纸扔掉时，也把我所有关于她的品质生活的想象一起扔掉了。她真是活生生地给我看了什么叫暴殄天物。

我对她的生活无权指手画脚，只是期待值过高导致吹毛求疵。所以说，她的口头禅“女人在购物中塑造生活”是个伪命题，购回来的物是死的，用心使用才能赋予它生命力，改变生活本身在于你如何使用你买回来的物品。

就算你已经脱离农家乐品位，工资也跟得上审美，假如无心打理、懒得经营，生活照样杂草丛生。

智者借古讽今，我是借别人来讽自己。

我集邮般爱收集各种生活方式App，手机上菜谱类、健身类、手工类、学习类的应用包罗万象，每次虎头蛇尾地测评一番，尝完鲜后就任其在界面里荒芜。我刚才数了一下，我手机里有 70 多个 App，其实常用的不会超过 10 个。

别看我配偶的手机上只有四五个生活 App，在被他物尽其用的基础上，还参与他的生活习惯的优化进程。以前他经常不知道钱去哪儿了，现在每消费一笔就条件反射般记账；以前我提醒他运动他还巧妙地逃脱，现在锻炼后主动向我秀卡路里消耗量。

再比如，豆芽机进入我家都快两年了，也没被用来发过一回豆芽。我翻开说明书后一看，又得买非转基因的豆子，发豆芽期间又得人工换水，琐碎麻烦到让我望而却步。

而我有一次回家，我爸把我拉进厨房，参观他自己拿原始简单的水盆、毛巾和塑料瓶发出的豆芽。他轻轻揭开小盆里厚毛巾的一角，顽童似的说起自己每天早晚都要浇水，避光长三天，豆芽就长好了。看着豆芽一天天长高把毛巾顶起来特别好玩，我边窥探着生机勃勃地往上冒的绿豆芽，边懊悔像我这种懒得动手的人就不配吃到绿色豆芽。

应用软件也好，先进设备也罢，只能辅助那些真正想改善生活的人。你坚持，它们事半功倍；你偷懒，它们爱莫能助。

估计很多人跟我一样吧，买东西之前，会给自己找一堆不得不买的理由：没有精致的手账本就无法好好记录、错过这本精装本的书籍就会降低阅读品质、少了跑步机就只能被脂肪团包围、不买名牌的厨具就懒得进厨房……把购买好物当作启动某种生活方式的开幕式，可是买回来以后，三分钟热度，一曝十寒，占据空间不说，还会因为使用频率远低于预期而生出自责的情绪。

不少被寄予厚望的买买买，在断舍离中沦为看着就来气的扔扔扔。物质水平发展到今天这个阶段，对物的感情，我不秉持“物质第一性，意识第二性，意识只是物质世界发展的产物”的唯物论，也不鼓吹“不以物喜，不以己悲”的唯心观。我的生活经验告诉我，生活质量来自物质和意识的双重渗透。

好用的辅助工具，能帮人在生活中达到得心应手的状态。但如何利用和保养这些好物，完全反映一个人热爱生活的程度。

有一次我在一本日本书籍里读到一个细节，作者推荐了一款德国毛刷，是用毛质细柔、手感极佳的山羊毛制成。她说因为刷子用很细的毛制成，在使用时很容易产生静电，这样灰尘就不会四处飞扬，打扫卫生更加轻松。作者又提醒，刷毛要定期用洗发水细心洗涤。

作者若只买了一把优质毛刷，不见得多会生活，必须是使用这把毛刷洁净了生活环境，并且做好毛刷的保养维护事宜，一个会生活的形象才跃然纸上。

好看的雅致小物，能为我渴望美的眼睛解渴，能给人一种单纯美的氛围，可无论怎么说，所谓神器只是辅助。买得起好东西没什么了不起的，好物的功能性配上你的主观能动性，才是改良生活的驱动。

所以，真正能提高生活品质的不是所谓的神器，而是你自己。

颜值是你
全部生活习惯的相加

我以前为省时间，洗头潦草，梳头豪迈，经常掉发，都担心变成裘千尺那可怎么办；我小时候眼睛内双，于是开始双眼皮DIY，拼命抬高眉眼，大学期间额头就隐现细纹。

正如蒙田所说："习惯是一位粗暴而阴险的教师，会悄悄地在我们身上建立起一种权威，起初它是多么温和谦恭，但是时间一久，它便会深深扎根，并最终暴露出凶悍而专制的面目。"而我不想让坏习惯在自己身上建立权威。

用小细节归纳一切外在美。

这次假期的回家之旅，我照例去我发小儿家借宿一夜。我像个纠察队大队长一样，絮絮叨叨地指出她的保养坏习惯。

洗面奶用完不把盖子盖严实，等着细菌"四世同堂"呢？

洗脸前把束发带勒这么紧，是想让发际线“退居二线”吗？

吃完饭就窝在沙发上看电视，小腹还怎么“风平浪静”？

喝完酸奶不刷牙也不漱口，龋齿丛生还如何笑容传中国？

发小儿心悦诚服地接受了我的建议。听我说她粗线条，她还想狡辩，都怪工作把人忙裂了。

工作越忙你才更要注重保养习惯啊！因为你可能挤不出成块的时间去夯实体质、护肤养颜和挥汗健身，而润物细无声且化整为零的好习惯和好心情，会像纳米分子一样镶嵌进你的日常，让你不至于因忙致丑。

比如你每天出门包里带上泡有花旗参或红枣和桂圆的保温杯，利用等电梯、等地铁的碎片时间暗自运功拉筋，走过一片空气清新的公园趁机来几个腹式呼吸，对办公室座机电话的话筒定期清洁残留的彩妆品，摄食后尽可能漱漱口以减少食物残渣的附着，挠痒痒时尽量不用指甲盖而是用指腹画圈……

这些微小的习惯，哪里会与你的工作生活或者任何社会角色争宠呢？

警惕瓶瓶罐罐的障眼法。

我大学宿舍有个宁波妹子，大学时就“土豪”到学着詹妮弗·洛佩兹用 LA MER（海蓝之谜）涂抹身体，可是夏天穿短裤时，又无奈地感叹连 LA MER 都救不了她的蛇皮小腿。我觉得就是因为她不喜欢喝没味道的水，只吃肉不吃菜，泡个脚能把脚煮成红虾状，出了浴室全身还在冒水蒸气。

后来我们全宿舍的人逼着她合理饮食、远离烫水后，她的小腿才渐渐摆脱干燥脱皮的症状。

我身边有几个赚钱高手爱买又贵又好的护肤品犒赏自己，都累虚了，不买好的护肤品太对不起自己，这或许有理。

但我也发现，确实有妹子仗着自己用着最新科技、最好原料的大牌保养品，所以晚上可以多刷一下手机，反正用着屏蔽所有眼周问题的奢华眼霜；可以多晒一下太阳，反正拥有修复 DNA 损伤的修护面霜；可以多吃些甜食，反正入手能让肌肤抗糖化的高新精华；头发可以多烫染百变，反正买下了能让头发起死回生的护发神水。这十分危险。

很多青春无敌的妹子，年纪轻轻用着皇室级别的保养品，却熬夜、乱吃、泡吧挥霍人生。反正科技会推陈出新的嘛，但我建议大家别有这种想法，想必有不少滥用抗生素，最终无药可用的患者当初也是这么认为的。

肉眼可见的身体状况都是内在健康的外化形式，还不如把身体表征当作内部的显示屏，面部浮肿就吃清淡些的食物，眼周泛黑就早点儿睡，脸上长痘就少吃糖，衣服紧绷就多运动。

护肤品能当作一种锦上添花的补充，但是不能当作铤而走险的壮胆。

别因为对执行力的看重，忽视了心绪的重要性。

我有一段时间对自己特别狠，为养成每天喝八杯水的习惯，手机定了 8 个闹钟来提醒自己，不按计划执行还要自我惩处；哪天偷懒没运动就在日历上画个“×”，并在第二天加倍完成；视防晒为重中之重，仿佛晒到太阳就会像聂小倩一样人间蒸发；晚上写日记，如果吃了垃圾食品就深刻检讨。但其实那段时间我快崩溃了。

执行力和好心情都是加分项，但极端苛责的执行力势必会导致心情紧张焦躁，效果未必好。有些傻大妞型的美女，或许有些习惯不是很好，但人家也能凭着没事偷着乐的心态扳回一城。

我们没必要奉行教条主义，书上达人的保养步骤不是非完成不可，就算没做到尽善尽美也不应痛苦自责，不要过于纠缠于美容行为本身。我们追求外在美是为了更热爱自己、更热爱生活，如果热爱未遂，速速停下纠偏。

居然有人看不惯经常健身、美容的姑娘，理由是取悦男性或内在肤浅。这种人是得了脑膜炎还是口蹄疫啊？女人爱美难道不是普世价值观吗？就算取悦了别人也是顺道的事，女人就算外表美丽也不意味着内涵就负相关。这些说法不值得我们影响心情。

我是那种没有吸日月精华、享基因彩蛋的普通姑娘，多年来花时间围剿黑色素、抗击五花膘、挽救渣发质、练就强体魄，虽说到现在仍然没跨入美女行列，但是自我进步的相对值仍让我有种嘚瑟感。

这种嘚瑟感，大家快来试试看。

上进女恨不得别人身上的优点都长在自己身上

有段时间很流行讲述圈子的文章，要么傲娇地宣扬“圈子不同不必强融”，要么好心地劝“别人的圈子先别挤入”。那些没有过硬本事撑腰还敢优越感泛滥、对人缺乏尊重让人觉得生理不适、好吃懒做且品行低端的圈子，免会费、送豪礼、充话费，我都不屑加入。

而那些闪光点迸发的出彩个人，不管隶属哪个圈子，我都想把他单拎出来学习一番。我是个轻微沉溺于自我改善的人，看到别人身上有什么优点，通通想长在自己身上！我自己完全是学习优秀个体的既得利益者：看到周围小学渣进化成高材生，就去寻求进步方法；看到身边小黑妞逆转成皮肤白皙的人，就去打听美白之道；看到厨房低能儿变为美厨娘，就去咨询秘制菜谱。

一句天生聪明、天生丽质、天才食神都不能轻易把我打发，我就是各种软磨硬泡、连赞带夸地把别人的好办法、神技能学以致用的人。于是我发现自己的世界观和方法论一天天在壮大，每天能听到骨节在生长的感觉倍儿爽。

在内外兼修这回事上，师夷长技简直太有必要。

前几天我在折腾身份证换证事宜，真没什么能比间隔十年的证件照更能催人感慨了。说实话，我更喜欢现在的自己。

拍原先的身份证照片时，我处于低潮期，那时候目所能及皆荒凉：三百六十行，行行出渣男；兵书十二卷，卷卷不如意；总觉得别人诸事顺遂，而自己命途多舛。我会百感交集地羡慕别人，后来决定改变一下，与其无谓地羡慕，不如厘清别人的哪个内在属性让我欣赏，然后拷贝过来据为己有。

从那时起，我开始细心观察。

比如我同寝室的一个姑娘皮肤特别好、学习超级棒，刨去很多我们相似的生活习惯外，我发现此人入睡很早。我们23：00熄灯，她22：30就上床。我们开卧谈会时，她早睡着了，第二天5：00就起床，朗读英语或者高效自习。当我把她的习惯拆封试用了几天后，发现自己的精神状态、学习效率和肤况体质都有肉眼可见的改善效果。所以直到现在我依旧保持着这样的作息习惯。

还有一次回家过春节，同学聚会时我发现去广东读大学的同桌脸蛋儿白嫩极了，我们几个女生就深挖秘诀。她告诉我们广东的饮食对皮肤大有裨益，她买了个小功率的炖锅放在寝室里，跟着本地的同学煲汤，上火了煮绿豆水，秋燥了煲百合汤，暴晒了熬薏米粥，去食堂吃饭必打番茄炒蛋，外出点菜要点蒜蓉西蓝花。我心悦诚服地把这些好习惯一一学到。跟着她学习后，我也日益白嫩。

持续不断地师夷长技以内外兼修，是我十年来一直在做且受益匪浅的事情。

比起小情绪，进步更关键。

前段时间，有一位女同事向我挥泪诉苦，老公经常应酬，忽略妻女，回家很晚。她吵架，他顶嘴；她冷战，他离家——她感觉婚姻风险系数挺高。

我想到以前朋友 A 晒幸福的素材。A 曾说她老公有一天加班回家，A 为其唱了一首改编的儿歌："我的好 ××（老公昵称），下班回到家，忙碌了一天多么辛苦呀，让我亲亲你吧，让我亲亲你吧，我的好 ××。"

我怂恿同事试一试。没过几天，我同事恨不得给我颁发感谢奖牌。她说她不好意思，让自己的女儿学。有一次她老公回家挺晚，进门轻声换鞋时，她女儿摇头晃脑地唱着改了词的歌曲，她也边打拍子边轻声唱，一个铁骨铮铮的大汉竟被感动得抱着妻女几度哽咽，后来家庭氛围显著改善。

我听后心情挺复杂，因为朋友 A 是我很看不惯的人。我俩年龄相仿，背景相似，她遇到真命天子后，天天花式晒幸福，不是婆家财力雄厚，就是老公温柔以待，我真被她这人生赢家式的秀恩爱行为虐哭了。

加上自身当时境遇不顺利，心态不明朗，觉得A这个情商低保户整天小人得志地高调炫耀以维持优越感，我内心对她有种抵触感。她在我眼里浑身都是bug（缺陷）。就算一件中性事件，只要她经手，我就会本能地盖个嫌弃的戳。

等时过境迁，芥蒂释然，A在我心里的负面形象慢慢消散。我时常想到她说过的话，觉得很有道理。这次她的方法堪称我同事的婚姻还魂丹，如果当时我豁达一些，铁定能学更多东西。

尼采有句话一语点破："总是盯着他人的缺点，这说明你的状态很糟糕，因为你想通过观察其他人的缺点，来逃避自己愚蠢、不愿努力的事实。"

看到别人晒旅行，你先收拾起泛酸的情绪，与别人闲侃当地的风土人情和旅游攻略不也很长见识吗？看到别人秀恩爱，你先别忙着羡慕忌妒恨，与别人谈谈爱情与婚姻中的经营之术岂不更受益？看到别人炫财富，你不用急着屏蔽拉黑，问问别人有什么致富小招或生财之道，干吗与钱结怨？整天对别人黑之而后快的人永无出头之日。

相由心生在我这里还有另外一层含义：自己心态不同，眼里的成像不同，做与不做造成的结果更不同。我们应该咽下情绪，真诚学习，把周围人都当作充电宝，激活自己处于休眠中的品质，对他人的槽点要引以为戒，对他人的优点要同化自用。

我发现身边那些不刚愎自用、进步光速的姑娘总在使用这些小伎俩：

1. 习惯性地打开勘探榜样的小雷达

吃完麦当劳顺手把托盘中的残留物扔进垃圾箱，公交车上接电话用手捂嘴控制音量，像这种提高眼神含糖量的行为我们应该二话不说学起来。周围谁腰细了、加工资了、气质增添了，我们都应该立马添加到榜样列表里，怀着孜孜不倦的心，想着法子去拜师学艺。

2. 真诚的发问通常让人事半功倍

“你皮肤好白嫩，快告诉我你都怎么保养的？”“你的身材这么棒，每天都是怎么锻炼的啊？”“你的英文好流利，有什么好的学习方法能推荐一下吗？”谁都对赞美有种不饱足感，接下来别人释放高浓度干货时就牢牢记下来吧。

3. 量体裁衣地取其精华后就开始行动

每个人有自己亲测有效的方法，但广撒网搜罗来的各种经验，总得理性科学地评价分析，立足自身情况做出取舍，分清轻重缓急地逐步推行，亲测有效后长期贯彻。最忌就是杂乱无章、虎头蛇尾、三分钟热度地乱学一气，这样你会又累又没效。

看到比你好的人在身边，你不取长补短，不见贤思齐，那跟咸鱼有什么区别？

为什么女人就没有“潜力股”这种说法

周末我在咖啡厅看书，对面的两个年轻姑娘在对“挑男人就要挑潜力股”这句话取得共识后，开始排兵布阵地分析计算着数名潜在追求者的潜力指数。

“潜力股”要么说的是股票，要么说的是男人。

为什么女性就很少被人形容为“潜力股”？难道女性的出厂设置默认值就是潜力逐年递减的？

唱衰的预测从小就不绝于耳：上学时，女生虽然成绩暂时领先，但将来在数理化上大多会被男生无情碾压；发育中，女孩儿就算普遍比同龄男孩儿长得高一点儿，但以后很多男孩儿会在身高上迅速反超；工作上，女员工被培养出来后有可能回归家庭，但男员工只要聪明肯干迟早成为中流砥柱；成年后，女人过了25岁就很快老化，但男人通常会在30多岁的外貌上维持很久。

男女确实存在着生理差别，但社会规则也在推波助澜。在我看来，在社会发展中是否蕴藏潜力，以及潜力最终是否实现，个人因素远大于男女之别。冰心说的“男人活着为事业，女人活着为爱情”决定了男女之间的潜力分水岭和精力投入方向。

生活中有许多加速抵达潜力半衰期的妹子，无缘绩优股男性，只能评估具有潜力的异性，甘心自我放弃和自降身价。她们一旦谈恋爱，恋情被果断置顶，智商愧对义务教育，生命中其他重要事项自动隐身，把自己的弱点变成根据地，自己的能力和眼界节节败退，不安全感与日俱增，生活选项和幸福指数通通由另一半决定。

潜力股绝对不是性别壁垒，一个女人的潜力的存续节点在于，她的价值优先序列是投资自我还是资助别人。

你的潜力源于你出手阔绰的自我投资，总把时间、精力寄存在别人身上的女人真的会贬值。有时社会挺势利眼的，你价值低，你的爱意、时间与付出也会变得不值钱，不被在乎。

好在我目所能及，有趣、有貌、有才、有钱的姑娘已经越来越多了，在这些潜力股姑娘中，高度重合的四大特征是：

1. 敢于正视真实世界的复杂与残酷

她们明晰社会的生存之道，实力和个人魅力永远是自我实现最简洁高效的途径；不会用不切实际的幻想来回避现实生活的真枪实弹，深知修图软件不能美化真身，仅在社交媒体上的仪式感无法自欺欺人，于是接受真实自我后做出实际改善。

2. 对待专业技能丝毫不含糊

她们打杂儿不忘学艺，工作时认真专注且高效利落，暂时把儿女情长收纳起来；牛市时锐意进取，熊市时闭关修炼，时刻强化自己的工具箱，不忘给工作时运行的思维和行动系统杀毒、升级、打补丁。

3. 不会把爱情视为人生的单一股东

她们不会在爱情里找补其他领域的不如意，看透世上没有男人是能为自己的所有难题买单的一卡通，明白她们悉心培养出的潜力股成长成才后，自己未必是持股人；爱男人、爱家庭、爱孩子但也爱自己，不论感情多甜蜜或失恋多痛苦，都不是自我消沉与荒废的理由。

4. 持续把自己打造成绩优股

她们是探索自己内心疆土的哥伦布，处处发现并吸纳着生机，拓宽多重认知边界以丰富自己，懂得及时止损与纠错；永葆好奇心和求知欲，就算暂时被苟且淹没、被琐碎羁绊，也能想方设法地好好安放自己，开挂似的探索乐趣。

我觉得女人的潜力养成在于敢于冒险，不畏跨界，厚积薄发，精益求精。

杨澜当年在众人的错愕下，抛下辛苦打下的江山潇洒地赴美深造，事后笑称留学是“给青春一次犯错的机会”；张泉灵疑似生病还不忘突围，42 岁时投身创投界，坦言“确定性没那么重要”；董明珠在丈夫因病去世后南下珠海，从格力空调的基层业务员做到集团董事长，说过“我与其他女人不一样，从小就想做点儿事业”。

潜力股女性的高发地不一定仅仅锁定在职场上，凭着独具的匠心和满腔的热情，女人照样能让自己过得风生水起。比如最大梦想是成为一名家庭主妇的日本妹子近藤麻理惠，靠着整理和收纳房间，入选美国《时代周刊》评选的“2015 年世界最有影响力 100 人”。

我还见过不少小而美的女性将生活中的小细节变成梦想的大载体，热爱烹饪的全职太太出版美食书籍，说走就走的旅行达人变成专栏写手，崇尚花艺的年轻白领客串美学博主。

就算有潜力，不去行动的人永远无法将其兑现成实力。而每一次从自我较量到与人过招儿，从发现问题到解决困难，关关难过关关过的她们攒齐了行走江湖的通关文牒，召唤出一个更加金刚不坏的自己。

真正的潜力股女人，拒绝把所有希望都寄托在找到并辅佐一个潜力股异性上，有自己这么好的资源，干吗放着不用非得舍近求远？

第二章

你怎样过一天，就怎样过一生

每天 5 点起床的人生，我真的赚翻了

今早和同事共进早餐，我已经很精神抖擞了，她还睡眼惺忪地没胃口，我感觉我俩之间有时差。

她一身起床气，嘴里嘟囔着总也睡不够，问我一般几点起床，我回答 5 点。看着她张大的嘴巴，我知道她彻底醒了。

我早起的习惯，惊动了很多细心的读者。有人还到我的微博下留言：“起那么早不困吗？晚上几点睡呀？怎么坚持早起呢？”

我这个神秘的天蝎座决定不再神秘地讲讲自己晨型人设的养成术。

我读中学时，被迫彩排早起的习惯。作文格写错了，练习簿涂改了，我就撕掉重写。

追求完美是内心脚本，导致我完不成作业时，只能定好次日闹钟早起狼狈地猛赶。那时我为了避免早起的痛苦，誓死戒除作

业强迫症。

我读大学后，早起的习惯正式剪彩。一是东部地区天亮得早，对光线敏感的我自动早醒；二是同寝室有个学霸起床很早，在报名中级口译后，每天早起朗读英语。我喊着“老学霸带带我”跟着她早睡早起，那时我俩清早轻手轻脚地洗漱完毕，找个风景优美的校园一角便开始学习。

我尝到进步大、状态好的甜头后，从此早起固化成我的生活习惯。后来工作了，结婚了，我依然每天早上5点左右自然醒。

叫醒我的不是闹钟，而是美好的生活体验。

我醒后不会赖在床上胡思乱想或翻来覆去，而是做两次平板支撑后迅速起床，因为有几个“爱妃”在等我翻牌：看书、写文、锻炼或做早餐。

我喜欢在5～7点阅读，手机哑巴了，配偶还在睡，不被搅扰，静谧温馨，这是我和作者的私人约会时间。作者在书中分享经验或表达观点，而我通过产生共鸣或持有不同看法来回应作者，边看书边做笔记，过脑且走心，高效且专注。

灵感出没时，我就写文章。在这个时段里，最易厘清思绪，最能沉淀心情。我常常敲击键盘都敲出节奏感，写到该出门上班了还意犹未尽。

当疏于照顾身体时，心生内疚的我不惜用清晨时间来弥补。感觉缺运动了，我就会铺开瑜伽垫，小声地放着舒缓音乐，让自己在一呼一吸间吐纳，在一拉一伸中变得强韧；我感觉缺营养了，或煮杂粮粥，或榨豆浆，或泡花茶，用食补来增强体质。

每天早上的两个小时，让我远离一切信息熵，可以淡定从容、有条不紊地去做自己喜欢的事，这种体验真美好。

长期坚持早起，你将活出升级版的自我。

你一定听过科比·布莱恩特的一句话："你知道洛杉矶凌晨 4 点钟是什么样子吗？"

他说："每天洛杉矶凌晨 4 点仍然处在黑暗中，我就起床行走在黑暗的洛杉矶街道上。一天过去了，洛杉矶的黑暗没有丝毫改变；两天过去了，黑暗依然没有半点儿改变；十多年过去了，洛杉矶街道凌晨 4 点的黑暗仍然没有改变，我却已变成了肌肉强健、有体能、有力量、有着很高投篮命中率的运动员。"

我的大学学霸室友，大学四年坚持早起学习，中级和高级口译都过了，后来去了她梦寐以求的名校读研究生。

我以前有位做外贸的朋友，负责南美市场。她告诉我 4 点半起床发邮件，这是她和国外客户同频交流的时段，她的业绩也是扛把子级别的。

很多高产作家早上四五点钟起来写作，村上春树凌晨 4 点左右起床写小说，"灵魂有香气"的李筱懿也是 4 点多起来写文章。

每份坚持，都是伴随着痛苦和收获的，把早起的时间充值到改变人生的一万小时定律中去，最后化作更强健的肌肉、更优秀的成绩、更出色的业绩，以及更多产的成果，他们都变成了升级版的自己。

晨型人的早起配方大公开，如何不痛苦地早起并保持高效？

1. 早起倒逼自己养成早睡的好习惯

晚上刷手机睡不着的人早上闹钟叫不醒，而很多早起的人能早睡，这是睡眠守恒定律。有个标题叫“晚睡，是想和自己多待一会儿”，我多想说早起也能啊，而且从科学的角度来看更健康，夜猫子的身体素质哪儿能PK过晨型人？

我的学霸室友晚上10点睡觉，早上5点起床，几乎每天夜跑，我羡慕死她的好状态了，从皮肤到气色、从身材到成绩无不让人羡慕。

我现在11点不睡，就觉得眼皮上被抹了胶水。我的睡眠质量奇好，一碰枕头就能不省人事，夜里雷雨交加我一概不知，上下班路上也要见缝插针地眯一会儿。

2. 早醒后找到迅速进入状态的方式

《大方》杂志刊登村上春树采访时，他说：“写长篇小说时，基本都是凌晨4点左右起床，从来不用闹钟，泡咖啡，吃点心后，就立即开始工作。重点是，要马上进入工作，不能拖拖拉拉。”

我的经验是，醒来还在床上翻来覆去的，我容易一整天都头昏脑涨；早起后拖着不干正事，我会因为浪费时间精华而深感沮丧。

而如果我醒来后做两三次平板支撑，出卧室后干搓脸半分钟，头脑清晰后，马上投入到看书、写文、锻炼或做早餐中去，那开了个好头的一天就有好彩头。

3. 思考性事项 > 操作性事项 > 不重要事项

早上人精力充沛，状态上佳，适合学习和思考，比如用来深入阅读、练习外语、听公开课、建立知识体系等，比如平时被推着走的自己，可以静下心来想想人生中各种事的轻重缓急。

操作性事项如果不急，我们没必要用这个时段来做，回复邮件会让人觉得工作超长待机，用来做家务处理杂事更是把早晨的时间大材小用。

还有些不太重要的事，像是“上朋友圈商学院”、刷微博热门八卦，如果我们把这些琐事前置到一天之计的早晨，那真是把早晨暴殄天物了。

4. 不妨从早起半小时开始试试

前几天，一位好友和我说，她忙于钻业务、写稿子、提升自己，强烈感觉时间紧张。她也看上早起这块肥肉，但是试着早起后反而更没精力。

没有早起习惯的人突然早起一两个小时，大多会把一整天的状态搞得很夹生，还高喊“早起毁一天”，错误的方法白瞎了一颗想自我突围的心。

我建议大家不妨从早起半小时开始试试，甚至一刻钟，循序渐进，配合早睡，慢慢调整生物钟，起床后做自己最感兴趣的事，然后摸索出最适合自己的早起方案。

相信我，早起也是会上瘾的。

早起于我如同夏至，因为那天太阳到达北回归线，白天最长夜晚最短。它拉长了我的白天时间，让我更有生机，更感光明。

我想到熊培云的诗句，“你是你的沧海一粟，你是你的万千可能之一种”，早一点儿起床做自己喜欢做的事，成为更好的自己的可能性也会更大一些。

每晚 11 点前睡觉的人生，做到就是赚到

今天我起床照镜子，咦？好久没长痘的我，脸上居然冒出一颗红痘。我立即启动排查机制，饮食、压力、运动、护肤品基本没变，可疑之处得到进一步锁定：晚睡。

我以前一般 10：30 就睡了，最近这个月以来比以前平均晚睡一个小时。一是《行尸走肉》第 7 季开播那天，悲壮罹难的格伦让我伤心到差点儿失眠；二是开了公众号之后，以前的睡点变成了现在的兴奋点。

脸上这颗痘，是我晚睡之风有所抬头的证据，是我的身体派来提醒我早睡的信差。

自从我写了《每天 5 点起床的人生，我真的赚翻了》后，有不少读者加入了早起行列。我最近还能收到不少刚开启早起试用装的读者遇到的花式问题。在大部分人的早起实践中，最大难

关是如何早睡，我也顺便重温一下自己早睡人设养成术的初心和经验。

早睡是药，但几乎没有药能代替早睡。

小时候爸妈带我去朋友家做客，叔叔阿姨比我爸妈年轻约 5 岁，看上去却和我爸妈像同龄人。

那对夫妇都是烟草公司的职工。公司效益超好，他们需要值夜班，但补助不少，增加休假且多发工资。我看见他们家有很多我没见过但一看就很高档的保健品。他们公司的福利之一是可以到集团下属的温泉酒店泡汤按摩，那天他们还带着我们一家去感受了一次。

我边泡温泉边想，凭叔叔阿姨的保健豪华套餐，也没作息正常的爸妈抗老。

那时我就归纳出一点：早睡可以代替很多药物和治疗，但几乎没有药物和治疗能代替早睡。

最近这两三天，我从 22：30 硬熬到 24：00 才睡，还 5 点多就自然醒。今天我就遭到偏头痛的报应，像有人拿个马桶吸盘拖拽着我左边的头，就算吃了止痛药，仍气色不好，工作效率低。

其实，等晚睡的后果体现到脸上时，晚睡的影响早就在体内横冲直撞地转体三周半了。

你早早去睡，是为美好明天养精蓄锐。

你若不早睡，谁替你漂亮？

据我观察，身边很多妹子兢兢业业地护肤，再孜孜不倦地熬夜，她们的肤质整体 PK 不过早睡的妹子。

有个资深保养女友有一次就感叹过："我擦五千多块的面霜和眼霜，说真的还没有那十点半睡觉的人皮肤好。"

别说男人比较抗老，我认识一个在码头三班倒的调度人员，与我同年同月生，白发比我茂盛多了。

我晚睡的这段时间，连近视的我裸眼都看出自己泪沟明显、法令纹深刻，而以前早睡时，脸上那种自然的光泽度是我擦蜜粉、抹腮红都伪装不出来的。

早睡可以分泌反转时光的荷尔蒙，这是真的。

你若不早睡，谁替你健康？

《超级演说家》里面那个穿红裙的投资人周西，在卵巢肿瘤确诊前，发表了让我泪流不止的演讲《滚蛋吧，肿瘤君》。

她后悔"这一整年我几乎没有在当天睡着过，熬夜到 1 点、2 点甚至到 3 点"，好在她的肿瘤是良性的，谢天谢地。

还有写了《此生未完成》的年轻复旦女教师于娟，被查出患癌症后懊悔自己"10 年来基本没有 12 点之前睡过，厉害的时候熬通宵"的生活习惯。

有时候我们会去感慨"明天和意外哪个先到"，你的侥幸心理，你的明知故犯，真的会提高意外比明天先到的可能性。

你若不早睡，谁替你排除万难？

曾有个读者问毕淑敏：“如何度过人生的低潮期？”毕淑敏的回答中我最记得其中一句：“好好睡觉，像一只冬眠的熊。”

大道就是那么至简，真理就是那么朴实，好好睡觉，养精蓄锐，第二天醒来神采焕发的自己犹如铠甲披身，才有力气排除万难。

晚睡的你，怎样做自己的催眠大师？

在我们这个社会中，有人由于社会分工和工作性质无法早睡，也有天才据说很少的睡眠时间就已足够。但我这篇文章，是写给明明有条件早睡却拖着赖着晚睡，明明已经久病了还不做自己的良医的人看的。

除去有些睡眠拖延症的人外，确实有人忙完工作就很晚了，或者本身有睡眠障碍，我这个过来人来分享一下经验。

1. 不择手段地养成早睡习惯

我极为重视早睡，是因为曾整整一个学期失眠。那种每根头发丝都失眠的经历我至今想起来都发怵。

那时寝室熄灯后，听着室友的磨牙声渐渐响起，看着昏暗的天花板直到天亮，我数绵羊数水饺、调呼吸调睡姿都睡不着，举世皆睡我独醒的感觉真的很让人绝望。

从那时起，我决定让入眠好习惯都长在身上：远离茶水、咖啡等让人兴奋的饮品，喝热牛奶、饮小米粥、服褪黑素，甚至买红酒来小酌，睡前边泡脚边听助眠音乐边看马哲、政经等抽象书籍。

这些办法有些用，后来我慢慢能睡两三个小时。其实那时我失眠是因为焦虑，但这些习惯对我消除焦虑恢复正常睡眠，功不可没。

2. 不要在晚上反刍心事

亦舒说过："不要在晚上做出任何决定。"

别说做决定，连心事你都别想。我发现同一件事，晚上思考很容易让人钻牛角尖，越想越难受，做出的决定八成让自己后悔；而清晨醒来，顿觉事情根本没那么糟糕，做出的选择积极有建设性多了。

我的经验是：白天高效学习或工作、坚持运动，晚上 10 点后远离让我兴奋的书籍和对话，减缓大脑运转速度，这样更容易头碰枕头就睡着。有什么疑惑白天去问当事人，有什么担忧白天全力以赴地解决问题，紧凑充实地度过白天的时间更利于睡眠质量的提升。

3. 早睡是 1% 的幸运 +99% 的不玩手机

手机此处可替换为 kindle、iPad 等电子产品，电子屏幕是否会干扰褪黑素不好说，能分泌兴奋剂倒是真的。

很多人睡前习惯拿着手机刷微博、朋友圈、公众号，提示更新的小红圈大海无量地涌来，等指尖点过这链接十八弯的屏幕，已痛失最佳入睡期了。

我有一次躺在床上玩手机，就算困到看了也记不住，还执着地举着手机，后来手机掉下来砸到眼镜上的鼻托，差点儿把我的鼻梁弄破皮。

现在我吃一堑长十智：卧室是睡觉重地，手机与平板电脑不得入内。

4. 不妨从早睡半个小时试试

说实话，现在很少有人能每天23：00前入睡，工作繁忙、拖延成性、习惯晚睡、室友打扰，状况不胜枚举。

不妨克服困难早睡半小时感受几天，工作忙的人试试用早起半小时来代替晚睡半小时，有拖延症的人试试尽早把刷牙、洗澡等必做事项完成，习惯晚睡的人试试自欺欺人地把时间看早半小时。有室友打扰的人……我是听说有奇葩写脚本定时登录路由器断网，或下软件干扰别人的Wi-Fi的方式，但未曾亲测。

试试呗，反正早睡一天赚一天，说不定你会更爱那个因为早睡而第二天精力充沛、活力满满的自己。

睡觉是件多让人上瘾的事啊，让这种瘾循序渐进地提早一些吧。

最后，容我吟一首小诗：

你是你自己的银行账户
别让辛苦打拼的积蓄突然透支
你是你自己的雄心壮志
别让脚踏实地的积淀不欢而散
将来的你会感激现在努力且早睡的自己

早睡早起，
是性价比最高的自律

在北京大学 2017 年迎新典礼上，白建军教授对新生的建议火遍全网：

“早睡早起 + 把微信朋友圈控制在 10 人以内 + 拒绝以陪读为目的的表白。这个办法能不能把你弄成精英中的精英，我不知道，但试过的人都说好。”

这 3 条建议中，我试过“早睡早起”这一条。抓住早睡这个突破点后，早起也能轻松上手，投资小，回报大，性价比高，我从中捞到太多好处。

我以前写过一篇早睡文，一篇早起文，两篇都上了热搜。此后，许多不能早睡早起的朋友纷纷来问我，有人催我建群带领大家早睡早起，甚至有首都高校的人找我去给学生做演讲分享经验。

这一系列事情让我受宠若惊。我这个平凡人因早睡早起，竟成为自律小偶像，现在自律界的门槛已经这么低了吗?

但当我观察周围的人，这大约是个年轻人全民熬夜的年代。有人工作分工没办法，有人夜晚干活儿效率高，有人单纯有晚睡拖延症。大多数人，在睡觉方面缺乏自制力，晚上不想睡，手机像长在手上似的，早上起不来，醒来就跟闹钟置气，一天到晚觉得困。

原来在我们的时代，早睡早起真的变成了最知易行难的自律行为。

最近网友因为突发脑出血住院，失联了9天。

他之前某晚聚餐回家，玩完手机一点半睡觉，第二天醒来后，在没有征兆和受碰撞的情况下，后脑勺儿像被针扎一样，身上渗出冷汗，说话哆哆嗦嗦。

他到了医院后，CT扫描出脑内多处出血，医生下了病危通知书。他开始卧床治疗以及禁食，打针打到没位置打，吐到黄疸水都出来，到了第9天才清醒。很多人在事业上升期突然生病倒下，醒来后都会对自己的生活坏习惯逐一问责，首当其冲的就是熬夜：

“一定要规律作息，朝六晚十，我长期熬夜到1点多才睡，第二天又早起工作。周日睡到12点多才起床，只吃两顿饭，晚上两三点才睡觉。熬夜的伤害其实长期潜伏在你的身体里，你永远不知道什么时候会爆发。”

我随手翻看着评论，被其中一些乐观又反转的留言惊住了：

为了警告大家不要熬夜，楼主熬夜写下文章；连续熬夜7年了，只能说我是打不死的小强；听完楼主的话，以后只能胆战心惊地熬夜了；道理我们都知道的，可就是忍不住要熬夜啊。

晚睡无眼，招招打脸。

但依然有很多人，不在别人的遭罪中吸取教训。太多的道理，人教人教不会，事教人才教得会，只是后者的代价未免太大了。

有时候我看社会新闻会有种分裂感，一边是说国人的平均寿命逐年递增急需推迟退休，一边是动不动就猝死的人一个比一个年轻。

36岁的IT男张斌猝死于马桶上，当天凌晨1点还发出最后一封工作邮件；

32岁的复旦教师于娟说长期熬夜是慢性自杀，本人10年来都在12点后才睡；

22岁的大三女生袁满在半导体公司实习，连续工作15个小时后吐血身亡。

以前我在深圳工作时，有段时间早上5点多就起床，去附近的荔香公园快走，发现这个时段公园里老年人的密度极大。他们神采奕奕地进行着做操、跑步、挥鞭等各种锻炼。看到年轻人密度最大的时段则是晚上，我有时加班到晚上 10 点多，在赶回家睡觉的路上，看到写字楼里还有大片灯光，商场周围还有 K 歌聚会，便利店里还有人进人出。

这好像现实版的城市折叠，早睡早起的老年人和晚睡晚起的年轻人处于不同的时区。结果，老年人状态越来越燃，年轻人却越活越“丧”。

我想起家里有一位长辈评论延迟退休：“我们这届的老年人延迟退休还撑得住，你们这群小年轻天天熬夜、三餐胡来，能不能撑到退休的年龄都成问题。”

其实，早睡早起，是性价比最高的自律。

前东家大领导 30 多岁那年，治好鼻咽癌后，作息习惯大变。他把工作模式从没日没夜改为早睡早起，工作绩效不减反增。

我婶婶婚后越长越好看，随着年纪增长，皮肤却比初见时细腻白嫩了很多。她说因为自己单身时的熬夜习惯，结婚后戒了。

我 5 点去公园的事迹被前同事们知道后，他们都叉着腰笑我过着老年人的生活，可那时我的工作效率和身体状态都属于巅峰级别。

我最近采访了一位服装品牌的女创始人陈熠，她是主持人马丁的媳妇。

采访前，我没想到作为一个张罗创业公司大小事务、高频参加品牌活动和电视节目、照顾一儿一女的饮食起居的妈妈，竟然这么活力四射，声音竟然这么带感。

我掘地三尺地问她如何保持这么赞的状态的，她说归因为早睡早起，作息规律。她告诉我，她刚生完孩子那阵儿，起夜奶娃导致睡不好觉，眼圈深黑、披头散发，整天抱着负面情绪的“全家桶”啃啊啃。

这几年，她的生活质量因睡眠而改头换面，她晚上八九点把小儿子哄睡，然后给大女儿讲睡前故事。通常女儿还没睡着，她倒先催眠了自己。她晚上 9 点或 10 点就入睡，第二天早上 7 点起床，能最大限度地保证自己电力满格。同一个人的两个对照组证明，每天早睡早起，让人心情愉悦，办事高效。

但凡眼不拙的人，都看出老天在打赏敬重生物钟的人。

以前，一位文笔有灵气的女作者白天上班，晚上写作，我每次看到她的公众号的更文时间都心疼她。她做任何工作业绩都要拼到极致，任何吃穿用度都要用最好的，晚上一两点才睡是常态，生病了还边打吊瓶边写作。

在她的某篇文章里她悲情地说自己掉发严重、记性变差，怀疑自己会早早死掉。

我不看好这种“自毁式的勤奋”，这哪儿是鸡血，分明是狗血。

一个作息失序无常的写作者，连字里行间都爬满了负面情绪和拧巴感。我多希望她能把晚睡晚起置换成早睡早起，在工作时长差不多的情况下，把对身体的伤害降至最低。

以保重身体为前提的努力，是一种远见。

我热爱写作，也想长久写作，所以榜样都是精力足以支撑终生写作的人。

比如村上春树。对其创作而言，他认为最重要的就是集中力和耐力。写小说固然不必运动身体，劳筋动骨却在体内热火朝天地进行，这就是他早睡早起、朝五晚九、规律生活、坚持跑步的原因。他是为了身体好，有体力，以便能有写一本书的能量。

另一位高产、优产的作家松浦弥太郎，在《正直》一书中也写到早睡早起、作息规律的重要性。

他说："每天晚上 10 点左右上床，早上 5 点起床，每隔一天要去锻炼，快走 10 公里，然后 8 点去上班。这种规律性的生活对我来说，是非常重要的工作之一。"

健康管理是我们最重要的工作。

没有规律的生活节奏，对自己的消耗特别明显，不仅仅是身体的消耗，精神方面也达到临界点，同时，工作质量也会大大降低。

有规律地生活，是我们做好一切事情最基本的要求，时刻保持旺盛的精力，这也是获得信任的第一步。

如果你追求事业、热爱生活、深爱家人，那么一定把健康当成顶层设计，挂起晚睡的战靴，远离手机这类晚睡培养皿，第二天早点儿起来提升或运动。

我始终相信，早睡早起身体好，身体好的人，才有一切的选举权和被选举权。

吃商高的人，
真的很有远见

上个月我妈做完手术后，肠胃功能失调，全靠针水养着，一下消瘦憔悴了很多。

随着肠胃的恢复，她开始循序渐进地吃东西，手术出院后吃得好、睡得好。我爸每天去买新鲜食材，换着花样做营养清淡的养生餐给她吃。她体重增加了，气色也好了起来。我算是发自肺腑地认识到一点：能吃能睡，弥足珍贵。

在我看来，所谓的“吃商”高，就是吃得既健康又快乐，体质更多的是后天吃出来的。我从小以为自己每个月都要扁桃体发炎是因为体质太弱，直到去江南一带上大学才意识到，饮食清淡有多重要。我家乡无辣不欢，习惯等油热了以后把干辣椒甩进锅里，等冒起白烟后才放菜进去炒，我爸就经常这么炒菜，好吃是好吃，就是超上火。

读大学后，一开始我不能适应不辣甚至微甜的口味，还要家人寄辣椒给我，后来大二脸上长痘，别说辣椒，连酱油之类的调味料都不碰。等饮食清淡后，我发现自己一年扁桃体仅发炎两次，分别在寒暑假回家时发炎。

“吃商”决定体质，一方水土养一方人，一方水土也可导致一方的病。

当年我怕长痘留印，饮食极清淡。在食堂只打浅色的菜，吃饺子不蘸调料，点外卖嘱咐只放盐，再加上经常去校门口买薏米水、银耳汤，痘印退了，皮肤变白了。

那时我发现，饮食真的可以改变皮囊。

大学期间，我选修了营养课。我记得老师说过，“改变饮食习惯，就能改变体质”。有时候，好吃的东西都害人，难吃的食材却养人，当我一遍一遍给自己洗脑，自己喜欢吃新鲜、原味、清淡、天然的食物，结果味蕾都改变了，甜肥腻、重口味、深加工的，本能地不想吃，吃了总觉得口很渴，不舒服。

后来我发现自己贫血严重，于是增加红肉摄入量，有意识地增加补血食材，觉得精力有所提升。我越来越觉得，你的“吃商”，塑造了自己的身体情况和精神状态。现在的我对自己的“吃商”还算满意，平时吃东西尽量吃得清淡天然、健康多元一些，偶尔吃香喝辣也不会负罪感深重，根据自己的体质有的放矢地进行调整，一日三餐，规律饮食。

“吃商”的人设最对得起自己。

我身边“吃商”最高的人，是我在深圳认识的同事兼好友。

她入职时，我以为她是水嫩应届生，经引见才知道她比我大2岁，皮肤白、身材好、有活力，我司“司花”非她莫属。她后来和我们这群人成为超越同事的好友，好基因羡慕不来，高“吃商”却值得偷师。我们一起外出吃饭，麻辣、油炸、烧烤的食物她绝对不碰。她把以前经常发炎的扁桃体割了，所以吃饭点餐时特别自律，一定会吃清淡食物；我们商量中午带饭，她头天就把菜切好、配好放冰箱里，早上起来炒菜，到公司后直接把饭盒放在开水房的开水桶上面，中午趁热吃；我观察过她带来公司的零食，要么是拿玻璃小盒装着洗净的水果，要么是一小把混合坚果或一小盒酸奶，而且她吃完零食会去漱漱口；和她一起吃饭，她常会流露出美食广告里女主角沉浸在美味里的陶醉模样。我们原本同情她吃的东西没味道，但她吃得很享受。

她知道自己的身体情况，在吃上有所节制，舍得花时间和精力用心为自己准备午餐，每次都心怀感恩地享用桌上的美食。

在“吃商”上，她的意识和执行力甩出很多人一个三环。所以每年公司体检，她的结果单上“医生建议”那栏是空的。

之前我看到报道说：“医院规模越建越大，数量越来越多，同时医生队伍成倍增长，而病人越来越多，这是医生的悲哀，也是医学的失败。”

我这次在肿瘤医院目睹爆满的现场不亚于春运，住院部的电梯大排长龙，有多名保安维持秩序，化疗病人多到病床不够用，只能坐在走廊上注射化疗点滴，患癌病人中不乏二三十岁的年轻人。

我觉得这种情况不是医生的悲哀，而是医学的悲哀。有个数据显示：“在诱癌主因中，第一位是膳食不合理，占比为35%。”

其实我们每个人都是自己的医生，治已病是医生的事，但治未病是自己的事。

我受不了听人说：“这不能吃，那也要忌口，活着有什么乐趣？”说这话的人去趟医院看看，生病、住院、手术、打针何其煎熬？

还有人动不动就说：“不能辜负美食。”你嫌美食辜负你的情况还少吗？乱吃东西、不懂节制的人，患病概率会增高，而注重膳食会大大降低患疾病和身体亚健康的发生率。

好好吃饭就是在治未病，大家没事多看看膳食宝塔，并想想医学之父希波克拉底的话：“让食物成为你的药物，而不要让药物成为你的食物。”

如何才能有艳压群芳的“吃商”？

前几天，我和亲戚们一起吃饭。席间一位在妇产医院做护士的阿姨盛完饭就猛吃。叔叔提醒她慢点儿吃，阿姨边放慢吃饭速度边解释，吃饭太快算是她的职业病。然后大家顺着话题盘点吃饭恶习，被讨伐率高的有：

将就吃：上班忙下班累，点外卖、吃零食瞎将就；

吃得快：太多工作扑面而来，狼吞虎咽节省时间；

吃得多：只在吃饭的时候，一个人就是一支队伍；

口味重：压力大心情不好，重口味美食让心情放飞；

有心事：应酬喝酒想着客户，在家吃饭愁着账单。

“吃商”低的接盘侠还不是自己？为了一切想要的美好东西，请你速速加入高“吃商”阵营。

1. 半年前的食材，决定了今天的你

我有个同事说她男友总是口腔溃疡，因为他吃的东西不是罐装的，就是袋装的。

还有个朋友是个烧烤爱好者，动不动就聚众撸串，脸上的痘痘常年此消彼长。

而周围身体健康、皮囊迷人、精力充沛、牙齿好看的人，基本做到像海子诗里写的“每天关心粮食和蔬菜”。

他们通常很少吃零食、甜食、夜宵，再忙也尽量下班回家做饭，累瘫也会煮点儿清粥或蒸点儿粗粮当晚餐。

我下班后通常直奔菜场，只选购当晚的菜量，回家后听着音乐洗菜做饭。我觉得与其花钱买很贵的化妆品和保健品，不如焖饭时掺点儿糙米或燕麦，炒菜时少放油盐，做菜多以水为介质（蒸、煮、炖），少以油为介质（油煎、油炸），多吃蔬菜、水果、谷物，周末煲汤犒劳自己。

我懒得做饭在外面吃时，依然有美味和健康兼顾的选择。我爱选粤菜馆，点个清淡的时蔬和不腻的荤菜。就算吃快餐，我也优先去赛百味，点份全麦面包 + 新鲜蔬菜 + 少放酱料的搭配。

2. 知道“吃什么”，还要注意“怎么吃”

吃得慢，不易胖，一个人的身材和吃饭速度成反比。

有一次我和女友去一家垂涎已久的饭店吃饭，足足排了50分钟的队。好不容易盼到上菜，我恨不得风卷残云般大快朵颐，女友依然优雅地细嚼慢咽、慢慢品尝。这绝对和她不过百的体重有关。

人在胖，天在看。对我这种每次吃到十分饱的人来说，急需修炼吃到七分饱。

吃饭时人脑慢半拍，你觉得饱了时，实际已经撑了。我现在有意识地培养自己在平时饭量的基础上先挑两口饭出去。

吃东西时趁热吃就行，不必趁烫吃，过热的饮料、食物会对口腔、咽喉和食管反复损伤。

3. 听有趣的人扯淡，不陪无聊的人吃饭

千万别小看一个轻松愉快的吃饭氛围，我听一个朋友讲过，他说他应酬时喝多少酒都不会醉，而和好友喝酒很容易醉。他说应酬时，身体能量都在脑子里盘算着，胃里的酒精都消化不了；而放下心防开心吃饭时，能量是在肠胃里，所以更容易醉。

我有一次去朋友家吃饭，本来小两口儿准备了很久，饭菜也很可口，可在饭桌上两个人因为有道菜咸了发起了口舌之战。其实菜也不算咸，但氛围不好让大家都没胃口，有心事会辜负掉一桌好菜。

总之，“吃商”高的人真的很有远见，把远见落实到了一日三餐中。

我们每天都有3次改变体质、变瘦变美、治疗未病的机会，且吃且珍惜。

做一个睡商高的人，真的又赚又爽

一天早上，与我同部门的女友上班差点儿迟到，刚着急忙慌地坐下，有一位其他部门的同事来问她前几天两个部门的对接事项。历来人精的女友，居然反常地越沟通越不客气，后来两个人有点儿不欢而散。

中午吃饭时，女友主动跟我说起这事。其实对方也就是工作上正常询问和提出建议，她当时却觉得对方故意找碴儿，所以自己的态度不友好。女友问我，她是不是情商低？接着她又自顾自地解释，最近频繁加班睡得晚，好不容易昨晚能早睡，结果在床上翻来覆去死活睡不着，导致今天情绪很差，看谁都不顺眼。

我回答："你不是情商低，而是'睡商'低。"

所谓"睡商"，是衡量睡眠质量最重要的指标，是一个人在单位睡眠时间内恢复体力和精力的程度。

我以前写过《每晚11点前睡觉的人生，做到就是赚到》，至今还有不少读者来找我交流睡眠问题。问题高发区集中在两类人群中：一是加班多、轮班制、要奶娃等原因很难早睡；二是虽然有规律地早睡，但是要么睡不着觉，要么睡不踏实。

虽说早睡是个好习惯，但实际上，睡得早、睡得多都不如睡得好。

你与其纠结睡眠时长，不如改善睡眠质量，正如《生命时报》的微博说的那样："睡得好才是真的好。"

你能"睡商"高，就是一件了不起的才华。

"睡商高"到底有多重要：

我表妹毕业后参加公务员考试，笔试成绩第一，但面试成绩拖了后腿。后来有一次她谈起那场面试发挥失常的原因：她面试前几天没睡好。那年就业压力大，她爸妈特希望她能考上。她的潜意识不断钻牛角尖，如果真的有"一考定终身"的话，她认为就是这次面试了。

她详细描述了面试前夜的睡眠情况，刚开始时辗转反侧，夜里醒来去洗手间，一看时间还不到凌晨两点。她心想明天很重要，只有睡好了才能发挥好。可她每次看手机，时间都只过去一小段。她说从没觉得一个晚上这么难熬。

睡姿换了一轮，绵羊数到一千，清晨闹钟响起时她居然有点儿解脱，演了一晚上睡觉的戏，终于要杀青了。她起床后觉得口干舌燥、眼睛酸疼、脑子混沌、心绪焦躁，因状态欠佳而更加紧张。

果然面试里几道不算难的问题，她答得吞吞吐吐，有一题甚至把题目理解偏了。表妹说，如果当时睡得好一点儿，说不定表现会好很多。我觉得表妹的理由很站得住脚。

很多人重视智商和情商，却很少在意睡商。其实，睡商影响着智商和情商的发挥。

智商差不多的人狭路相逢，高情商者胜；情商差不多的人狭路再相逢，高睡商者胜。

一万小时让人从平庸到卓越，睡得好的人，第二天的心情、状态、悟性和专注度都是开挂的。一万小时定律看在你睡商高的面子上，也会酌情给你打个折，说不定八九千个小时就够了。

反之，睡商低的人，表面再风光，心里也酸楚。我自己是个睡商低和高的阶段都经历过的人。

虽然大学时有过那种每根头发丝都睡不着的失眠岁月，但现在我是个晚上一沾枕头就睡着，第二天 5 点多恰到好处地自然醒来的人。睡商低开高走，别说体质改善不少，我连整个人都积极快乐得多。

以我的经验来看，睡商是可以培养的。

1. 睡商高的人，睡眠前和睡眠后都有过人之处

我们难以控制睡着后的状态，只能在睡前和睡后做些助眠的小事。比如睡觉前一个小时内，洗个温水澡而不是热水澡，别想

让情绪起伏大的心事；关闭房间的主光源，少对着电视或电脑屏幕。人造光会射向我们的松果体，干扰褪黑素的分泌，使人难以入睡。

别把手机带上床这个道理，人人知道但做不到，手机像是长在手上似的，不给玩手机堪比被截肢般难受。如果你实在要用，至少设置成夜光模式，把色调调暖。

临睡前摆个容易入眠的睡姿，睡眠专家推荐胎儿的侧卧姿势，膝盖自然弯曲，手臂放在身前交叠，颈部、脊柱和臀部呈一条线，躺向相对不太重要的那侧，像是右撇子向左睡。

最好养成规律起床的习惯，醒来后你可以晒晒太阳，做点儿早餐，迟点儿碰手机，循序渐进地让大脑慢慢预热起来。

2. 睡商高的人，善于打造卧室和身体的睡眠环境

我每年春节回家都睡得特香，除了心安之外，发现那个卧室堪比理想样本：没有多余的杂物，只有床、床头柜和衣柜，空间清爽利落，窗帘厚实遮光，被单、枕套干净芬芳。这样的卧室让我睡醒有种充电 7 小时，活力一整天的感觉。

我有个睡眠浅的上司为了睡得好，开始着手改造卧室：把台式电脑和挂壁电视挪出卧室，床上用品每周一换，不在床头放暗示要喝水的水杯，不在卧室里办公、锻炼或看书，避免让卧室沦为生活和工作的延伸空间。现在她身上的朝气感越来越足了。

除了客观环境，还有自身环境。我发现身边睡商低的人群，与依赖咖啡的人群大面积重合。

我有个同事以前早上必须依靠咖啡将自己唤醒，现在改成早点儿起来洗个澡也妥妥的。而且她规定自己午后不碰咖啡，因为咖啡因的半衰期是 6 个小时，她的睡眠质量也有显著进步。

3. 睡商高的人，懂得摆脱 8 小时的睡眠心理魔咒

政坛的撒切尔夫人每晚只睡 4 个来小时，网坛的费德勒每晚要睡 10 多个小时，睡眠时长因人而异。英国睡眠教练尼克·利特尔黑尔斯所著的《睡眠革命》上说："8 小时其实是每晚的人均睡眠时间，一味追求 8 小时睡眠而产生巨大压力，反而对我们的睡眠起了破坏性极强的反作用，让我们无法获得真正需要的睡眠时间。"

不要被没睡足 8 小时吓着，一个晚上并不会决定一切，人担心时，身体会释放出肾上腺素和皮质醇等压力激素。书上还说："如果能够保证每周至少有 4 个晚上睡好，就没问题了。"一天中还有其他时间补觉，比如午睡半小时，傍晚回家在车上打个盹儿。午睡能增强记忆，改善情绪。美国拿飞行员做了项研究："26 分钟的日间小睡，能让飞行员的表现提升 34%，灵敏度提高 54%。"

有些女明星经常说自己通宵拍戏，但皮肤状态也比普罗大众好很多，除了基因太赏饭吃之外，我发现她们在片场或车上，都有见缝插针地睡觉的好本领。

睡商高的人都是幸福的，睡商低的人各有各的不幸：

睡商低的人，晚上睡不好，白天觉得累，反应龟速，想法消极；要么没精打采，让人一靠近就犯困；要么暴躁易怒，让人动不动就躺枪。而睡商高的人，晚上睡觉时眼睛一闭一睁，一觉就过去了；第二天起来，容光焕发、思维敏捷、眼神漏电、走路带风。

这个世界在奖励睡商高的人。所以，别让将来的你，惩罚现在睡商低的自己，从今天开始，做个睡商高的人吧。

如何高效地读一本书，
并不择手段地内化为知识储备

我看了本不错的书，会拍下书籍封面发上微博。之前我还犹豫会不会显得太装了，直到有越来越多的读者给我正面反馈，比如把我推荐的书加入购物车，看过此书的有缘人来品评一番，有人闹书荒直接让我介绍……这些都让我更加撒欢儿地发书。

有一天我收到一个读者的问题：“你读完一本书，能记得几成内容？”她说她自己看书时本来就没吸收多少，还会遗忘不少。一想到看的内容迟早会忘，她就不想再看了。

没错，记忆会随时间而衰退。就算当年考前背到滚瓜烂熟的全文，如今我们也几乎上交给了老师。但像我这种贪心的读者觉得，看书也是要花时间的，阅后即忘多心疼？我不仅要在单位时间里提高对书中内容的吸收率，还想让这些读书的所得长在自己身上。

以前我看书很快，一天看完一本书根本没难度，但看得快，忘得也快。我还傻傻地自我安慰，“你以前吃过的食物变成了现在的骨骼和肌肉，读书也是如此”，或者“胸藏文墨怀若谷，腹有诗书气自华”。

我这两年写文章以后，面对引经据典时的苍白，多次号啕：比“书到用时方恨少”更惨的是，“书到用时记不住”。

后来我开始尝试能减缓记忆曲线下行的读书法。

我先发一条迷你的免责条款，这里的书不是学术论文或专业教材等需要潜心研习的，不是陈旧鸡汤或网络小说等适合打发时间的，也不是一些需要整个人沉浸进去达到忘我境界的高级小说，而是既让普罗大众能看懂，专家也不太能挑出错来的泛知识类畅销书籍。

我现在就恬不知耻地来分享下，如何高效地阅读一本书，并不择手段地将内容内化为自己的知识储备：

1. 看书就是与作者打辩论赛

蔡康永说过：“书不见得是历史上最聪明的人写的，却是历史上最爱思考的人写的。”

爱思考的作者只是提供一个角度，同样爱思考的你，如果把作者平等地视为类似《奇葩说》的选手那种有趣的辩友，这样看完一本书的收益率将会猛增。

以我的经验，如果我只是顺着作者的叙述和思路，被动地接受作者的想法和观点，内容遗忘率很高。

讲真的，缺乏交互性的阅读效果非常不好。

后来我在看书过程中，内心会默默架起一个辩论擂台，遇到作者是“我方辩友”时，便会加快阅读速度；遇到他是“对方辩友”时，我会找相反的论据来驳斥他。

这样几个回合下来，我不仅不会觉得枯燥，反而因为有了一种参与感而对内容更加难忘。

2. 过目不忘的人都是记笔记的好手

听说钱锺书读书过目不忘，我觉得有这么神奇吗？后来我才知道，他读书爱做笔记，单外文笔记就有 211 本，中文笔记就有 1.5 万页。

我自己的笔记大法是：如果是自己买的书，边看边在上面画重点、做批注、写联想；如果是借来的书，边看边在我的随读笔记上字迹凌乱地写思维导图、结论推导、金句的关键词和所在页，然后分类整理笔记。我名下有许多笔记本：比如保养干货本（食疗区、运动区、美容区等）、自我提升干货本（职场区、心理区、技能区等）、金句本（名人轶事、名人名言、好词好句等）……

我会结合书上画的重点或者随读笔记，把内容分流，然后没事就翻一翻。

我不是一个工具癖，但对纸面笔记而言，难以检索是硬伤。后来我进一步精选出笔记精华形成电子笔记，照样没事就翻一翻。

所谓的过目不忘，就是多过几遍目。

3. 看完全书后对照目录温习一遍

我要吐血推荐一个抗遗忘的良方：看完全书后，翻回目录那一页，回想一遍主要内容。框架、逻辑、主线，这类抽象词，在这个环节中最容易浮现出来。

我现在如果觉得这本书对我有用，或者我很感兴趣，看完书后会顺着目录来一次只对自己有交代的“摸底考试”。

比如拿我手头上这本《高效能家庭的 7 个习惯》来说，38 万字，我断断续续地看了一个多星期，说实话，看着后面的内容，忘记前面的。

看完全书，我回到目录，按照顺序开始梳理：分别是哪 7 个习惯，这些习惯的重要性，如何相互作用等。

我有时会复述一遍内容给自己听，有时对照笔记回顾要点，这样做能加深印象。

4. 只有亲自应用过的知识才是你的

我自己做了个统计，最让我难忘的内容属于这 3 种情况：生活中实践过并有反馈的内容 > 写作时运用过的内容 > 跟朋友或配偶讲过并讨论过的内容。

你看，难忘是因为和你有交集。所以我经常不择手段地创造机会，提高书中内容在我的生活中的出场率。

比如我看完书会写一则短篇的读后感或书评，跟着志同道合的朋友去参加书友会，心血来潮时借鉴书中的生活经验，就算简单发条微博都能强化记忆。

我不愿和曾经相遇过的知识擦肩而过。当我做足上面这 4 点后，其实记不记得书里的内容已经不再重要，因为那种感悟和思辨早已内化成我身体的一部分了。

真正改变人生的是
你度过周末的方式

每个周一的午饭后，我和几个女同事都会聊聊周末是怎么过的。

有同事说“我周六、周日都睡到中午才起，感觉双休日变成单休日”；有同事说“刷刷手机，看看综艺，也没做什么一个周末就过去了”；有同事说“在家葛优躺，躺得头昏脑涨的，饿了点份外卖”；还有同事眼神空洞地回想半天，说“完全没印象”。

对这些回答，我心里默默地按下快进键；轮到汀女神发言时，我的眼里自动挥舞着荧光棒。

每当汀讲起她周末那些有意思的所见所闻所感，都能减轻我周一的痛苦程度。

我认识她两年多了。她周六上芭蕾课，周日上法语课。除此之外，昨天她说她和某法国留学生组织了一个法语角；上周一她说她参加了一场很有趣的同城读书会；上上周一她说她在家猛刷美剧后感触颇多，我现在还记得她当时又想深聊又怕剧透的矛盾心情。

单单截屏这个聊天儿场景，大家也不难猜到，谁是我们之中段位最高的人。

我曾经读过日本作者大田正文所著的《休活》一书，什么是“休活”，顾名思义就是周末休息日的活法。

作者是一家大型 IT 企业的职员。这位原先“没有朋友”“公司、家庭两点一线”“对未来隐约不安”的宅男，利用周六、周日的休息时间培养兴趣爱好，拓展人脉关系，3 年后变成主持各类学习会的达人。

在书中他自豪地晒成果，他主持过 5 个学习交流会，举办或参加过各类学习活动 302 次，每年与 1000 多人沟通交流。

生活更加缤纷、内心更加丰饶的大田正文，成了“休活”生活方式的代言人和倡导者。

以前我听过一种说法，每晚利用好八九点钟的人，日复一日，能和别人拉开距离。但我更认同，一个人度过周末的方式，决定了与别人之间的段位差。

因为我平时下班到家已经挺晚挺累了，可能还得做饭、洗碗、泡脚、洗澡、和配偶聊聊今天过得如何、打电话给远方的爸妈、偶尔处理工作上的杂事、我的洁癖配偶每天拖地隔天除螨时我也得搭把手……忙东忙西忙完我一看时间，10 点左右了。

我写了《每晚 11 点前睡觉的人生，做到就是赚到》，所以得早睡不能打脸；我写了《每天 5 点起床的人生，我真的赚翻了》，所谓的赚翻了其实也就是走个量，每天早起 1.5 个小时，5 个工作日加起来才 7.5 个小时，还不如从周末拿出一天来。

很多人有同感，工作日过得超慢，休息日却转瞬即逝。其实，休息日将近占了一年的 1/3。

拿 2016 年来说：双休 2 天 ×2016 年有 52 个周末 +2016 年有 11 天的法定假日 =115 天（精确统计是 116 天）。

所以，你若想在人群中更有分辨率，别老是死盯着晚上的八九点钟了，时间完整性更强的休息日比你想象中重要得多。

在我身边，我见过很多通过优化度过周末的方式，从而优化了整个人生的例子。

像我这点儿小事就别提了（其实也就是利用早起和周末的时间提升阅读量，拓宽思考面），我的初心并不是要与别人拉开差距，而是要和以前的自己拉开差距，而且做自己喜欢做的事，本身就其乐无穷。

几年前我还在深圳工作时，有段时间周末一有空就去深圳博物馆的改革开放展厅做讲解员志愿者。有一天礼仪培训结束后，老师安排一位资深女志愿者上台做动员。当时我内心有点儿抵触，干吗把好好的培训掺入一股传销感？但顷刻间我就被彻底动员了。我记得那位阿姨说她离婚后痛苦不堪，抱着转移注意力，让自己保持充实的初衷参加了志愿者服务。

礼仪训练让她保持身姿挺拔，背诵台词让她没空胡思乱想，独自带团让她精神高度集中，身边志愿者的奉献精神和微笑脸庞是她最好的悲伤稀释剂。值得一提的是，她还在志愿者中找到她的另一半。她说每个周末让她的生活越来越有光。

我以前看过一篇文章。文章作者因工作时间比较有弹性，要么算上周五，要么算上周一，加上周末两天，DIY 成一个 3 天的小假期。她会从常住地乘飞机去机程 2 小时范围内的城市，比如北京、上海等城市去看演出、看画展、看美景、看人文。丰富的周末生活滋养了她，让她持续输出优质内容。

我每次去理发的工作室，店主周日都不开张，看他的朋友圈，才知道他练长跑去了。一下是杭州马拉松的全马成绩有进步，一下又是大连马拉松的半马成绩创新高，一下晒出 60 多岁的大爷跑马拉松的小视频，他是我朋友圈里的励志担当。

还有一个男同事，经常跟我们吐槽登山的装备费钱，但每次临近周末要组团登山就兴奋得像个男孩儿，皮肤越来越黑，身体越来越壮。现在的他与我们刚认识时那个瘦弱小身板的样子简直判若两人。

怎样把周末过成一块擦去整个星期的身累和心累的海绵？

有人周末准备食材煲一锅好汤，好滋味、好营养温暖了整个家；有人报名技能培训课程周末去上课，见缝插针地强化自己的工具箱；有人离家比较近，周末开车去陪陪年迈的父母；有人策划别出心裁的约会行程，给自己的妻儿一个别致的惊喜；有人周末作息规律、饮食正常、保持运动、亲近自然，给身体进行高效完整的充电。

如果你每个周末都是毫无新意的流程——睡饱了就吃，吃饱了又睡；如果你周末点开朋友圈里的小红点，看到别人过得丰富有趣而自己百无聊赖，不妨把周末作为突围平庸生活的突破口吧，去做自己真正感兴趣的事，去获得一种扶摇直上的欢欣。周末怎么过，会慢慢改变你人生的质地。

千万别小看
一个又忙又美的女人

以前上班时，我的电脑出故障，我着急要发一封邮件，征得后桌副经理的允许后，用她的电脑江湖救急。我操作间隙，无意间瞥见她的电脑旁贴着的彩色便笺，上边罗列着几条独家提醒：

（1）每逢整点，没有紧急事项就去窗口瞭望远处，舒缓眼睛；

（2）走廊上碰到有人抽烟要加速走过，不要慢吞吞地边走边吸二手烟；

（3）吃完午饭后，不要立马坐下或睡觉，争取站立或者散步十分钟；

（4）减少不经意间摸脸的习惯，手指很脏，细菌带到脸上容易长痘；

（5）看网页、收邮件时用左手，忙的时候换回右手，抽空做些手部放松活动；

（6）不管什么幺蛾子，切忌怒火攻心，先深呼吸再解决，保持开心纳入自我绩效。

就在我用她的电脑时，她见缝插针地去窗口捧着水杯远观风景。我趁机环顾她的座位，迷你的加湿器缓缓冒着白气，井然有序的桌上摆着多肉植物和仙人掌，电脑页面上的字体大小和颜色设置让眼睛舒服，握鼠标的手自然而然地落入棉质鼠标腕垫的温柔乡中。

这些小事对我的提醒和触动很大，回想起来，在我与她共事的3年里，她工作忙、指标多、压力大，外加直属上司喜怒无常，而她不但没有因忙致丑，颜值、身材和状态反而比初见时更好。

以前我觉得她30岁后这么忙还能这么美，全靠基因赏饭吃，看到她的便笺纸后，回想她的执行力和调节力，原来更赏饭吃的，是她那见缝插针的自律好习惯。

前几个月，我工作超累。部门有人离职，他手上的工作无缝衔接地转给了我。上班时各种业务扑面而来，下班时恶补新接手业务的知识盲点，还有几次早上5点多就出门赶最早一班高铁去外地，此外我夸下海口公众号周更3篇也不能食言。

那段时间我头脑里的信息密度再刷新高，在生活上便顺势自暴自弃，运动免了，暴饮暴食。不久后，我就发现自己的脸色有隔夜菜的味道，连五官的“公摊面积”都悄然变大。

有一次下班路上，我正好听到喜马拉雅 App 上王潇在 MOOC 学院的演讲。

她回忆起那段忙碌的时期，上午在“趁早”开例会、钉管理、看成本；下午在“时尚 COSMO”开选题会、出席活动、看发行出版。

此外，她还得出国出差、跑马拉松、写作出书、陪女儿面试幼儿园等。

我边听边觉得自己道行不够。那么多事项我听着都头大，但是人家在忙疯的时候，暂停下来钻研时间管理和精力管理，重新梳理自己的生活，结果不仅把事业和生活都平衡好了，还能每天坚持健身。

她微博上的照片，常在我的拇指和食指的指尖下放大，看她流光溢彩、神采飞扬的状态，我心生感慨，又忙又美的人，真不是省油的灯。

那种在百忙之中能找到线头，对众多待办事项能统筹兼顾，站在科学的角度进行自我管理的人，真让人竖大拇指。

电影《女人不坏》里有个片段，张雨绮质问老板：“你到底是看中我的能力，还是美貌？”

她的老板轻描淡写地说了一句：“美貌就是你的能力。”

以前我还觉得这种观点更适用于像公关、模特儿、演员等行业，可现在才发现，对我们这种离看脸的世界有距离的普通白领，也渐渐适用。

某一次朋友小聚上，我听一个做人力资源的朋友说，他们公司有两个同期入职的女孩儿，学校都是重点以上名校以下，工作都是争分夺秒手脚并用，业绩都是排名靠前口碑很好，但公司空出一个升迁通道时，机会落到了那个比较好看的姑娘身上。

正当我们唏嘘之际，她解释说这也不是什么潜规则，美貌就是职场的一种竞争力。

人力资源的女友接着说，其实两个姑娘样貌都中等，只是升职那位更爱打扮。就算不说更能代表公司形象，或出去谈判成功率更高之类的话，你想想看，每天早上一个淡妆雅致的女同事跟你道声“早上好”，也有美化心情的功效吧；每天穿着熨烫过的职业装来公司的人，别人一看就会觉得更专业吧。

有一次我到那位不爱打扮的姑娘的工位找她，当她抬头看我，挠着脑袋的手还保持着抓头的惯性，眼睛红丝密布，头发凌乱……看她的样子，我总有种她不能从容上任的感觉。

一个人在工作中表达出来的精神面貌是整个人精神面貌的一个支流。在忙碌中还能保持美丽和气质的人，连职场路都顺畅得多。

早就有研究指出，漂亮的人赚得更多。美国有项研究报告指出，长相好、身材好的人，不仅薪水可能比普通人多，升迁的可能性也更大。

甚至有量化结论，胖女人比普通身材者平均要少领 17% 的薪水，而身材高挑者，身高每高出一寸，薪水平均上涨 2% 到 6%。

一个能把手机和电脑的桌面都设置成护眼模式的人，与在 PPT 中把观众从眼到心照顾舒适的人，很可能是同一个；一个能管住口不吃垃圾零食的人，与管住口不说同事八卦的人，很可能是同一个；反之，一个胖得下巴上像挂着一块千层饼、嘴唇干燥得露出条形码般沟壑的人，与工作上马马虎虎得过且过的人，很可能是同一个；一个对自己的外貌给别人什么感觉不在乎的人，与对自己的工作给别人什么感觉也不在乎的人很可能是同一个。

职场上那些好看的姑娘，除了更自信、更受欢迎之外，也更加细致、自律、得体。

千万不能小看一个又忙又美的女人，因为这样的女人不是一般有出息。

谁说精致生活
就不接地气？

有时候，劝人精致生活 = 吃力不讨好，因为对方很可能反过来给你扣上爱慕虚荣、罔顾现实、不接地气的帽子。可我真心不认为只有把日子过得糙到尘埃里才算得上真性情、接地气。

人的耳朵像筛子，总是拣入耳的话来听，因此诸如什么没精力、顾不上、工作忙、钱不够等奇形怪状的借口，我压根儿听不进去，而以下内容是手持通行证，能直接走绿色通道，比如：

一战时期，物资紧缺，女人们会把小腿涂上颜色，假装自己穿着长筒丝袜；二战期间，经济低迷，巴黎女人会仔细盘算，从买面包的钱里抠出一个硬币买一束花回家。

综艺《爸爸去哪儿》中，曹格的媳妇在山里做好饭后，出门摘几片绿叶，卷起来做成一个雅致的筷子架；电影《乱世佳人》里，郝思嘉不想一副穷酸样地去问白瑞德借钱，扯下家里的天鹅绒窗帘做了一套赏心悦目的裙子。

还有，大学我们寝室的一个姑娘，发现路上掉落在地的花瓣或树叶，如有骨骼清奇者就会顺便拾回去，晾干后做成书签；小时候每逢期中、期末考试，我妈会在我的手腕上喷点儿香水，以至后来我居然盼望考试。

你看，热爱生活、崇尚美好的女人们，就算面对战乱、贫穷与琐碎的事，依然怀揣着精致生活的哲学，用品味、格调和蓬勃心态，发掘出许多小情趣和小确幸，将自己拽出暗井，把人生活出甜度。所以你这样那样反精致的理由，无非是漫不经心地得过且过而已。而且我一向认为，人只有问心有愧才会去找借口。

精致生活智者见智，但我觉得爱干净是精致生活的第一步。

有一次我和健身小伙伴相约去跳操。我顺道在她家楼下候着，她说她很慢叫我上楼去她家等。她本人是穿着入时、妆容得体的小美女，家里却乱得让我连回忆都是负荷。

当看到她打开衣柜门，狼狈地接住像雪球般滚出来的大堆衣服时，我心里果断移除原先赠她的“精致美女”牌匾。我好想建议她用健身的时间整理一下屋子，不然就算练出一头汗，排完一身毒，回家看到杂乱的衣山鞋海，烦闷情绪依旧扑面而来，塞满身上的每个毛细孔。

乱室是没有佳人的。

而乱世之下，也有佳人，孙俪主演的电视剧《小姨多鹤》里，抗战结束后滞留在中国东北的日本苦命女多鹤，是个在任何糟糕环境下都能精致地存活的女人。

让我印象最深的是，尽管多鹤在条件艰苦、尘土飞扬的煤场工作，但她习惯性地把简陋破败的屋子打扫得干净整洁，家人在门外拍落灰尘后再进门，又黑又脏的翻毛皮鞋禁止入室，把水泥地擦得跟炕一样洁净，衣服上有温馨的米浆香气，还有刀切一般的熨烫褶痕。

真是哪里都有生活家啊，我边看边感慨，精致生活的女主角多鹤，是乌压压、惨兮兮的故事情节中的一枚发光体。

如果你有机会近距离观察精致女人的日常，请果断珍惜并偷师学艺。

前段时间，我配偶的亲戚从其他城市来我们家做客。家里有点儿住不下，为了给他们更多交流空间，我主动请缨去我的一位单身女同事家借住两晚。这见世面的两个晚上，足以让我的生活观产生 8.2 级大震动：

我们一进门，她脱下短靴穿上拖鞋后，便顺手把立在踢脚线附近的两个竹炭包塞进了靴子里；

她脱下外衣换上舒适的家居服后，用粘尘滚筒在羽绒服上吸附羽毛和灰尘，然后拿衣架将羽绒服挂好；

晚上洗脸时，借用她的发卡束发，我纳闷儿她的发卡怎么那么好用，原来发卡两端用医用胶布缠成了软绵绵的圆柱体，避免戳疼自己或弄掉头发；

她的梳妆桌上有一个弧形的筷子架，挖眼霜和面霜的大小两根小棒搭在上面，卸妆前先清洗小棒，然后放在架上晾干，洁完面再用它们来挖取保养品；

她娴熟地按比例分别稀释观花型和观叶型植物的营养液，在我们闲聊的同时，依次给房间里的花花草草浇水；

我还意外地注意到她的护肤品底部贴着写有开罐日期和过期日期的白色便笺，她说这是为了避免使用到过期产品，保质期已过还没用完的乳液、面霜会拿去护理皮具……

她的精致是面面俱到地照顾自己，不用名牌堆砌，没有矫揉造作之感，全是由宠爱自己的小细节集结而成，精致点滴与她的生活融为一体。

结婚以前，我一度很讨厌“过日子”这三个敷衍对付、抹杀美好、终结浪漫的字眼，以为婚后的日子都是忙不完的家务活儿、干不尽的麻烦事，不把自己活得灰头土脸、蓬头垢面，都不好意思说自己嫁为人妇、为家奉献。

而像我姑妈这款资深家庭主妇，用心地把日子过出了一种高级质感。每次我去她家吃饭，雅致的厨房已经快成为5A级景区了。

一个用完调料的玻璃瓶洗净装水后，插上两枝绿箩就是厨房一景；橱柜角落的小陶罐里盛着飘香的干花，冰箱侧壁上贴有字迹秀丽的手抄菜谱和朋友寄来的明信片；吃完饭她会先擦点儿护手霜，播放着喜欢的音乐，戴上手套后哼着歌开始有条不紊地收碗洗碗；洗刷完毕她会端出一碟摆盘精美的果盘，几样伸手即食的水果错落摆放，暗藏若干诗情画意。

厨房干净顺眼，人在低头洗菜做饭时才能心情愉悦、面部舒展，若是面对油腻杂乱的场景，忍不住皱眉叹气是要长皱纹的。谁说家庭主妇的标配就是黄脸婆、粗指节和油烟气？我姑妈就是活体抗议横幅。

话也说回来，压力还真不是单靠味道馥郁的熏香就能摆平的，心情也不是照搬时尚买手的推荐清单就能保持愉悦，你的审美和用心，才是自己生活的总设计师和搬砖壮丁。

不否认很多人的生活被快节奏和焦躁感所控制，但我还是掩饰不住地欣赏那些懂得让生活磨损最小化、填充能量最大化的人。

精致不是来源于生活并高于生活，而是时刻穿插于生活之中，继而内化成生活本身。

抗衡粗鄙，唯有精致，我们应该打好生活这份工。

你的身体
比天蝎座更记仇

身体如果也有星座的话，那绝对是天蝎座——你都想象不到身体有多记仇。

有一次我去日式指压店做按摩，技师轻揉我的后脑勺儿，问我“是不是会偏头痛”；触到第五节颈椎，问我“是不是低头族”；抓捏两侧的肩膀时，问我“是不是单肩背包”；按压肩胛骨时，问我“是不是长期侧睡”。

连续几个问题让我心头一惊、冷汗涔涔。我多希望这些只是按摩师忽悠客户办卡的惯用话术，但心里明白得很：我的身体的肌肉和骨骼早已出卖了我，把我平日里的生活习惯和常态动作和盘托出。

这是多么痛的领悟，当你更关注其他事物而忽略对身体的照顾时，你的身体远比一个吃醋的恋人更小心眼儿，更爱吃醋，更加记仇，更会报复。

你吃饱饭后习惯窝在沙发里，小肚子会不知不觉向外扩张；整天注视着智能屏幕，你的眼睛以及周边地区会沦为岁月提词器；嘴巴里时刻塞着零食，保准让你春节回家时能衣“紧”还乡。

你的身体里藏着一个难以察觉的电子眼，躲在暗处一笔一画地记录并存档着你所有的违章和犯懒行为，等着时间一到算总账。

放任身体的坏习惯，你还谈什么爱自己？

有本书的书名是《你的身体，是一切美好的开始》，其实背后的潜台词是：被你纵容忽视的身体，是所有不美好姿态的起点。

这点我感同身受：我连续晚睡后，左脑袋上就会像有人拿着马桶吸盘用力提拽着我；月经期吃冰的东西，肚子里就会像住着一台处于高速甩干模式的洗衣机。一副病躯，就算将全世界白送给我，我也要不起啊。

记得每天喝八杯水，按时吃饭别打发胃，吃饱饭后散散步，别拖拉争取早点儿睡，可这些知易行难的大道理非得等身体闹情绪了才被人重视。

我毕业后成为拼命三娘，上班时神经紧绷，每天坐在电脑前的时间几乎是睡眠时间的两倍，经常在站台上希望没有错过末班车。半年后，正当业绩上升时，我生病咳出血来，可怜兮兮地去医院又拍X光又打点滴又灌苦药时，意识到心有余而体力不足是很惨的，坏身体承载不了好梦想。

我挺佩服我的一个合租室友，与相恋四年的学长分手后，第二天清晨照样早起调制蜂蜜柠檬水喝，抱头痛哭后约我去体育馆打羽毛球，就算食欲不佳也没有变成行走的饿殍。看着她那种失恋不失势的秩序感，我确信她有度一切苦厄的资本。

我还有个号称“爱自己”的女友习惯性大手大脚地消费，然后再熬夜兼职把钱赚回来，还美其名曰：“将来的你一定会感激现在拼命的你。”拜托，将来的你只会感激现在努力但没伤到身体的你。

在我看来，照顾好自己的身体，永远是爱自己的最低配置。

肉身的失守，始于意志的溃败。

女神是吃两口就饱了，你是饱了还再吃两口；女神是不锻炼就不舒服，你是想到锻炼就不舒服。冰冻三尺非一日之寒，脂肪三层非一日之馋，也非一日之懒，你身上的每寸肥膘和每项“三高”，背后有你忍不住去夹菜的筷子、迈不开去流汗的步子，这些都是对意志的愿赌服输。

而反观那些迷人的女明星，比你天生丽质的人还比你励志。

玛丽莲·梦露每天早晨平躺在地板上，手举5磅的负荷物在空中画圈画到疲累，持之以恒以保持身材；李冰冰在节目里被好友爆料，她在家看电视或与人聊天儿时，都见缝插针地做形体训练；孙俪被询问身材管理术时回答，早晨刷牙时会不由自主地将腿搭在洗漱台上，边刷牙边压腿。

你从小看她们的戏长大，你的孩子也将看她们的戏长大。她们都老了吧？不，只有你——那个意志力和执行力都溃不成军的你老了。

在保持身材上临时抱佛脚不管用，三天打鱼两天晒网没效果，只有建立在良好习惯上保持的身材，才能可持续地挑战地心引力。

所谓的好身材，都是平时的好习惯的高度概括。记住，一旦你懒上心头，丑就会上眉头。

身体会记仇，更会感恩。

有句老生常谈的话是："保持健康美丽是女人一辈子的事业，话糙理不糙。"拼事业你总得拿出点儿匠人精神吧。

我们公司有一个年纪"满 50 减 15"的大姐，把匠心精神融入了工作和保养这两份事业当中。她对待自己的身体丝毫不打马虎眼的态度，在众多过早放弃自己的中年妇女间，格外有分辨率。

她洗完手后，会用自带的柔滑小方巾轻轻吸干手上的水分；午间热饭，除了主食外她还特意带来洗净的生菜用开水汆烫后即食；小抽屉里，功能各异的花草茶和干坚果瓶子码得整齐便于按需补充；外出访客，出发前提前半个小时去洗手间里补涂防晒霜。

她在养护身体时，流露出一种匠人精神，即不得过且过、不心浮气躁、不趋附潮流，注重细节地精益求精，循序渐进地进化自身，谈不上用力过猛或走火入魔，只是有点儿别人认为不太必要的执着和坚持，淬炼心性，养成自己，最终被时光判缓刑。

你的身体像极了天蝎座般恩怨分明，被冷落的身体比天蝎座更记仇，势必睚眦必报；被呵护的身体比天蝎座更感恩，自当涌泉相报。世界那么大，我想去看看；家人那么好，我想陪他们老；商场那么贵，我想去消费；升职那么棒，我想当老板。可没有好身体，我说什么都是多余的。

从来没有 “女神突变”这一说

阔别四年的同学聚会上，最令我惊喜的发现，就是曾经其貌不扬的同寝室女生把身上“土肥圆”的气质洗刷干净了，以自信与优雅取而代之，身上仿佛总有束追光灯紧追着她不放。老同学们脑袋里排列着一串万万想不到的惊叹号和问号，她怎么突然变成金光闪闪的女神了？

在我看来，哪有什么突然变得熠熠生辉的女神？基因突变我见得多了，“女神突变”还真没见过。

基因突变发生在一瞬间，“女神突变”却要经过时间打磨，根本不像电视剧里一句“若干年以后”的过场词，就能把剧中角色挣扎煎熬的岁月一笔带过。

聚会晚宴上，我俩互为邻桌，我看着她熟练地用筷子把糖醋鱼上的勾芡刮掉后，再送入嘴中慢慢咀嚼；晚上住酒店，我俩同住一间房，我发现她在与我话当年的同时，仍不忘做几组动作标准的平板支撑。

第二天早上我醒来时，发现她坐在露台的椅子上，专注地捧着一本书在翻阅。我的回忆穿越到我们大一初次相见的那天，印象中那时的她脸色蜡黄，个子不高，四肢粗壮得不合比例。

整个大学期间，她持续地与自己体貌特征上的短板斗智斗勇：几乎每晚都去操场慢跑一小时，刮风下雨的坏天气就改拿呼啦圈到楼道转角处去摇，去超市购物从来不买深加工过的膨化食品，白天出门时像个行走的帐篷般做足防晒。

我记得大二下学期开学归校，她听别人推荐买了一个增高产品，每晚睡前擦拭专门的药水并配合按摩，然后绑上一个类似护膝的工具。她经过分析觉得可行后，开始雷打不动地坚持，冬天光着膝盖冒着寒冷耐心揉捏，每晚忍着腿上捆有异物的不适感入睡，每次去操场跑完步都要原地跳好久。

我们每个月都会帮她量身高，在宿舍门上贴好标记鼓励她。一年下来，她貌似长高了一两厘米吧，其实这法子未必有效，可她的坚持让我敬佩。

在以前我们大学相处的每一天里，她都在演绎什么叫作“不积跬步无以变美”。我确实感觉到她的皮肤越来越紧致，身材越来越匀称，气质越来越出众。

在毕业四年后的这场同学聚会中，她集中展现了量变引起质变的神奇力量。她那肉眼可见的优化升级似乎让她平日里的方法论和执行力呼之欲出。

女神的养成技术哪家强？天道酬勤帮你忙。

放慢女神闭关修炼期间的每一帧画面你会发现，每个画面都如同晶莹的琥珀一样，将她们那些为了变美丽而忌食的美食、为了变紧致而坚持的运动、为了变聪明而阅读的好书、为了变干练而忍过的酸楚通通凝固了下来，这样的女人最容易买通时间给她们做假证。

我们公司前段时间有场案例演讲会，代表部门出战的是刚来不久的小美女。她在台上表现得大方从容，讲述内容来源于工作更高于工作，以清晰的逻辑完美回答了几位经理差点儿把人绕进去的陷阱问题。

事后我狠狠夸她能说会道、发挥出色，她说她以前的辩论经历对这次演讲很有帮助。她大学时就代表自己系和其他系进行比赛了，赛前都会翻阅资料、搜索数据、厘清论据，对着镜子多次演练，斟酌措辞和攻防力道，正反两方的立场要兼顾，像玩左右互搏术一样自我推翻、自我圆场、自我重建，每次辩论完都像脱一层皮，身体和精神在死去活来中涅槃。

她还说自己以前专门总结了一本很厚的辩论笔记，比如：手势板块，在讲深奥理论时，手臂微曲，缓缓前推，仿佛增压机一样，把观点灌输给别人；案例板块，分析举例常见的偷换概念、延展定义、因果倒置等典型实例，以及归纳相应的破解之道；金句板块，注重平日累积，学术知识和综艺新梗都要信手拈来，让自己的发言严谨博学又不失趣味性；话术板块，研究怎样的说话方式、停顿和语气容易让自己的观点更有说服力，更加打动人。

我心里暗生敬意。我轻描淡写的那句“能说会道、发挥出色”，是她博览了多少群书、阅研了多少论文、思辨了多少现象、深究了多少战术，才形成的知识储备、逻辑思维和叙述层次？台上这短短的一分钟，台下她不知用了多少功。

玛丽莲·梦露的经典形象少不了她私底下的探索与坚持。刚模特儿出道的她察觉金发女郎更受青睐，试了 16 次才把头发颜色调对，此后再也不换。她发现把右脚鞋子的高跟削去 1/4 英寸（英制长度单位，1 英寸为 2.54 厘米），会让步态更显扭捏，臀部会更翘。此外她还看了很多深刻的书籍。

如果你也想给未来的自己一个闪亮出场的机会，诸如一场拔尖儿的考试、一次精彩的亮相、一场完美的演出，“从来没有突变的女神”这句话会给你希望和力量。

内外兼修从来不是一句空洞的口号，落实到现实生活中，需要每个“知易行难的好习惯”的累积、“关关难过关关过”的毅力。

我们在诧异别人突然变好的时候，多去想一想引起这质变背后的无数量变，复制别人每个小小的量变，终有一天，我们也会实现自我期待——外表定格时光，内心野蛮生长。

高效能职场女
如何见缝插针地变美

之前有个读者给我发来私信，说她新跳槽的公司“虽然工作忙，但是薪水高”，上了两个月的班，却发现增加的薪水根本不能弥补她的颜值降低的痛。她问我，面对工作量和颜值的此消彼长，到底有没有平衡之道？

说到保养的道与术，很多人觉得这是上班之外的事，但其实工作至少占了一天中三分之一的时间，如果我们能巧妙利用好那就太赚了。

很多人说工作让人都忙裂了，确实挤不出时间来。

我见过太多女同事灰头土脸地埋怨工作量巨大。

但有人埋怨完就完了，而另一部分人埋怨完，会想方设法地做些对身体有益的细小补救措施。

分水岭从这里开始，前者顺势滑下因忙致丑的深渊，后者聚沙成塔地捡回散落的得分，假以时日，后者在包括肤质、发质、身材等健康的外显方面，都狠狠甩前者几条街。

我综合身边榜样的力量，结合自己的心得，来说说在办公室这个特定场合里，职场女如何见缝插针地提升健康与皮囊？

1. 打一场持久的眼睛保卫战

我之所以格外强调眼睛，一是近期我的近视度数大涨到500度，验光师耳提面命地警告我要爱眼护眼；二是有个同事长期盯着电脑的眼睛长泡，医生说是淋巴管阻塞，热敷没效就得手术。

我们身处一个离不开屏幕的时代，对眼睛的护养是重中之重的。我们不看屏幕不可能，但注意用眼卫生倒是很可行的。

把手机和电脑的桌面都设置成护眼模式，把office软件调成豆沙绿背景，找到机会赶紧看远看近锻炼眼睛，这是人人知道的简单小习惯，但多被视若无睹地忽视掉。

有个做自由职业的朋友安装了个电脑护眼软件，设置成每半小时黑屏1分钟，提醒自己该看看远处的风景。

因我的工作性质，这个办法对我不太适用。但我也可以刻意养成40来分钟就活动眼睛的习惯，接电话或网页加载慢时，不着急就闭目养一下神。

一个人的老态，最先是从眼睛及其周围传达出来的，心灵之窗值得我们温柔以待。

我身边很多妹子在工作中眼睛胀痛、酸涩就会用手背搓眼睛。有一次我搓眼被一个姐姐提醒："平时涂眼霜时手法轻柔、力道得当，现在揉眼睛这么粗暴狂野，对得起眼霜吗？"

后来再有眼睛不适，我都暗示自己忍住不揉，实在干痒难耐，就用指腹轻轻按压。

2. 提高在办公室里的吃商

同样是忙到吃饭很赶，也有人点份荤素搭配合理的清淡套餐，而不是吃方便面；同样是忙到快要饿扁了，也有人吃红枣夹核桃或扁桃仁，而不是吃油炸薯片。

大家看一个女同事貌不貌美，可以看她带什么样的零食。

我觉得常自备水果和酸奶的同事通常蛮漂亮的。我还见过一个皮肤超好的姑娘喝的酸奶是自己在家发酵的。

你看，好皮肤果然是奖给有心人的。

某位很显年轻的阿姨级别的同事，我从来没见她喝碳酸饮料、加工果汁和提神咖啡，一般喝白开水，有时加 VC 泡腾片或破壁山药饮或花茶或绿茶。

还有我早上经常看到在同楼层的婀娜美女，几乎每天都会在水房清洗不用削皮的水果，蓝莓、冬枣、苹果、葡萄等，洗完还要拿温水泡一下。

有一次我们集体烦躁地加班，头儿在楼下的便利店里买了一大包零食上来犒劳大家，在我随手抓起巧克力拯救不开心的情绪的同时，另一个妹子东挑西选着那些卡路里较少的健康食物。

看到这一幕的我放慢了咀嚼速度。是啊，工作虐我千百遍是职场共识，可我为了发泄情绪吃的甜食和膨化食品，真的能拯救我的不开心情绪吗？

3. 工作忙不代表你丑你有理

很多上班族工作时一门心思全扑在业务上，指标高、压力大、加班多，回到家又晚又累，根本不想也没时间运动，可是人的身体真的不会因为情有可原就放人一马。

有一次我和众姐妹聊到加班太多没空运动保养的难题，不少美妞纷纷献计。

A 女友所在的公司占了两层写字楼。她经常需要在两层楼之间穿梭，几乎不坐电梯，而且每次爬楼都尽量跨两级楼梯。

B 女友是做广告文案的，用她的话说，每天上班都在谋杀脑细胞。她说每次憋灵感时就躲在格子间里，边想文案边用牛角梳梳头，没事还会按摩一下脚部三阴交这个穴位。

C 女友是银行柜员，连离开座位的时间都少得可怜。但她会利用每次叫号等客户的短暂时间，双腿离地做几组交叉动作。她还死抠坐姿，提醒我们背部贴住椅背，腰椎挺直，肩膀放松。她说如果背部没倚靠，容易驼背，加上腹部肌肉缩在一起，久了容易堆积出小腹赘肉。她还补充她难得去一次厕所，在走廊一边走路还要一边转动眼珠、活动颈椎、拉伸四肢。

我听的时候心里一阵感动。工作时血液集中在脑部，但她们硬给身体加戏，尽最大努力让身体的血液循环变好。

别觉得苍蝇腿的肉就不是肉，五十步和一百步真的是有差距的。她们在忙碌中创造机会改良身体的样子，特别迷人。

醒来觉得甚是爱自己

民国时期的“甜嘴小标兵”朱生豪有句情话“醒来觉得甚是爱你”，不知攻陷了多少女人的耳根和心窝。一觉醒来确定你深爱他或他深爱你，无疑会让人觉得自己被甜蜜幸福包围着，但我这里有一句更加浪漫的话——“醒来觉得甚是爱自己。”

王尔德说过：“爱自己是终生浪漫的开始。”早上苏醒时就爱自己，那真是我能想到的最浪漫的事。

作为一名醒得早且起得早的资深“晨型族”，我深刻体会到早上过得好不好，直接决定了一整天的生活品质。

我对早起的人有收藏癖以便膜拜，据说贝多芬早起创作音乐前，一粒一粒地慢慢数 60 颗咖啡豆研磨并煮开；村上春树写长篇小说时，基本四点左右起床，吃完点心立刻开始工作，绝对不拖拉。

而我们早上起来，“甚是不爱自己”的感觉是怎么产生的？拉开窗帘，空气质量不好，能见度低，整座城市看上去像机场的吸烟区，扣 10 分；凑近镜子，毛孔肆虐，气色不好，禁不起细看的素颜像块玄武岩，扣 20 分；细捋思绪，待办事项排山倒海而来，一想到就头皮发麻倒抽一口凉气，扣 30 分；反思人生，匆匆忙忙，碌碌无为，距离梦想还差十万八千里，扣 40 分。这个属于残次品的早上能重“起”吗？

我长期保持早上 5 点左右自然醒，晚上平均十点半入睡，累的时候 9 点多也睡过，而且睡眠质量奇好，属于头碰枕头就能睡着，外面刮风下雨几乎不会醒，白天神采奕奕。

经过摸索归纳，我发现醒来就爱自己的情形主要有两种：

1. 可预见自己能合理利用好早起的时光

从我的早起数据库里调出一个最具代表性的样品来看，工作日 5 点起床到 7 点出门，中间这两个小时我过得很有品质。

起床洗漱完毕后，我会到阳台领取今日的空气质量和温度湿度的试用装，如果满意，会在阳台上做些拉伸锻炼、呼吸吐纳的动作，欣赏着阳光下的城市越来越清晰明亮；如不达标，我就在房间里铺块垫子练习瑜伽，感受着静谧中的自己越来越安静祥和。结束锻炼后，我会灌溉绿植，熬煮杂粮粥，给自己冲泡一杯手动制作的蜂蜜柠檬水或者花茶。

接下来的一个半小时是我早间的重头戏，有时会打开书籍静心阅读，弥补一生只能活一次的遗憾；有时开启电脑写篇文章，厘清思绪试图表达自己；有时完成加急加量的工作任务，使得业绩结果更加可控。时间总在不知不觉中溜走，直到出门闹钟催我去上班，我还意犹未尽恋恋不舍。

这时的我处于一个信息隔离的状态。手机不再是长在手上的终端器官，我逃脱到一个只属于自己的私人领地，看我爱看的书，写我想说的话，圆满地为自己策划了一场约会。

这段输入或输出的 2 个小时，让我获得一种扶摇直上的欢欣感，让我接下来的 22 个小时过得体面从容。

2. 醒来时想到我钟爱的事情等我去宠幸

我做证，“叫醒自己的不是闹钟，而是梦想”没有多难以企及，甚至有像我这样，为了喜欢的事情连闹钟都不用就能自然醒的。

同一个人在不同阶段，热爱的事物会发展变化，我对看书写字的爱好可以追溯到初中阶段。我曾撕下教材的封皮套在金庸小说外面看得津津有味，被爸妈逮到罚去面壁；迷到不行的电视剧播完，不满意故事结局，也曾自己发挥想象续写小说；看到喜欢的句子忍不住地背诵，写完的日记本摞起来也可算著作等身。

别人跟我讲我不感兴趣的东西时，我是哑巴，是“特困生”，是初次端菜进包间被顾客刁难到尴尬脸红的走菜小妹；与我说令我着迷的作品或作家时，我是话痨，是机关枪，是一点儿都不会累还能再兴奋三天三夜的聒噪大师。爱好一旦附体，我就会变成一个大力士。

于是当有自媒体平台或者出版公司帮我实现梦想时，连我的生物钟都在鼓励支持我。最近我觉得我醒得更早了，醒来后兴致勃勃地构思文章，想到一个好的比喻或想法就兴高采烈地起身下床。说实话，我热恋着这么生机勃勃的自己。

世界上最美好的事情，是去看一天是如何度过的。

所以，如果你早睡早起精力充沛，并能妥善处理好你的身体状况；你在为你喜欢的事物努力，而且目标给你阶段性的返点时；有值得期待的新体验，让人迫不及待摩拳擦掌地想去实现，那你真的会由衷体悟到什么叫“醒来觉得甚是爱自己”。

醒于清晨的脉动中，我甚是爱心中梦想不灭，以及朝着梦想每天积跬步的自己。

第三章

你必须精力饱满，才经得住世事刁难

20多岁，是一个女人最差的年龄

今天我看到一个姑娘更新了这样一条朋友圈：

“20多岁，男人通常还处于起步阶段，是一生中的最低点；而此时，女人处于一生中最好的时候。一个女人若甘心把最好的时间给最差的你，你为什么不知道珍惜？”

一个人发的朋友圈，透露了这个人的生活状态和三观。

如果不是单纯缺爱发牢骚的话，我斗胆猜测该姑娘要么是感情不顺，年轻男友无法满足她的物质或情感需求，心里夹杂着优越感和吃亏感；要么是三观不对，潜意识里认为女人的价值取决于她的年轻貌美和子宫活力，而男人的价值取决于他的社会地位和资源占比。

这条朋友圈还真是勾起了我强烈的辩论欲：

首先，年龄没有鄙视链，女人用心生活的每一天，不都是一生中最好的年华吗？

其次，男人的青春同样珍贵，意气风发、心怀远大的青年才俊，自带魅力模式好吗？

最后，你凭什么说20多岁是女人一生中最好的阶段？难道你已经把女人的人生看成一个开口向下的抛物线走向，20多岁是抛物线的顶点，再往后就会陷入深不见底的沟渠？

年纪轻轻的人，说什么丧气话？

上上个月我和配偶休年假，没有去探索未知的领域，而去杭州和深圳故地重游，见见大学同学，会会前任同事。

我那位后来在杭州发展的大学同学，读书的时候过得很是艰难。她的家人有慢性病，全家人省吃俭用地攒医药费，她又是个特别倔强的女生，没有申请学校的困难补助，说自己肯定不是最惨的那个，而且也不愿让人同情。

她常从食堂打5毛钱的米饭，回宿舍就着老干妈吃，平时打各种工，期末拿奖学金。

我记得她大一时还在校门口的一家包子店打过工。她那阵子每天很早就出去，有早课的情况，老板同意她早点儿收工。如果零星几个学生来买包子还好，她拿不锈钢的食品夹夹住包子装在袋子里就行；临近上课时学生蜂拥而至的情况下，她得把袋子反过来套在手上，直接去抓包子，手常被烫得通红。

后来她发过传单，当过家教，开过网店，联系过同城包车，从义乌进货摆过摊……不仅自己搞定学费和生活费，每月还能寄钱回家。

她毕业后就职的公司待遇喜人，她与新婚老公的感情和睦，买的房也大涨不少，现在整个人的状态从里好到外。

我们带着暖色调的滤镜聊着大学那些人和事，说到动情处，我感慨说真想重返大学，再进一次班级，再做一次实验，再吃一次食堂的饭菜。

她摇头说，除非允许她带上后来赚到的存款和经验，否则她一点儿都不想重返 20 岁。

她继续解释，自己的 20 多岁，从某种角度上说，是她迄今为止过得最差最苦的几年，感觉每天都在为生活狼狈挣扎，好在现在每年都越过越好。

我又去深圳见了因工作结识的好友。

我们笑着说起当年工作中受了委屈，躲到楼道里默默哭泣；笑着说起看着 SEPHORA（丝芙兰，化妆品品牌）里那些暂时买不起的瓶瓶罐罐的东西，然后握握拳黯然走过；笑着说起被不靠谱儿的男友提分手后，回家连哭几个星期。

我时常纳闷，20 多岁怎么就成为我们一生中最好的年龄了？

那时的我们又穷又傻又迷茫又没经验，买不起好用的化妆品，买不起好看的衣服和包包，去不了想去的地方旅游，搞不定业务上的复杂困局，看不清身边的感情真伪。

而经过几年的打拼和沉淀，我们基本过了购物先翻价签、点餐先看价格的时期，经济更独立，事业更成熟，走过低谷，也小尝辉煌，心境、气质和格局早已不可同日而语。

有人怀疑现在女人最好的时光是不是从20岁后移到了30岁？

不是。

我以前有位40多岁的女领导，有一次聚餐时我俩相邻而坐。她看着那时刚毕业的我，感慨年轻真好。我随口说跟她交换，她条件反射地摇头说不换。

对呀，拼搏过，试错过，活得那么认真才换来那么通透明朗的自己，谁舍得换啊？

波伏娃说过："男人的极大幸运在于他不论在成年还是小时候，必须踏上一条极为艰苦的道路，不过这是一条最可靠的道路；女人的不幸则在于被几乎不可抗拒的诱惑包围着，她不被要求奋发向上，只被鼓励滑下去到达极乐世界。当她发觉自己被海市蜃楼愚弄时，为时太晚，她的力量在失败的冒险中已被耗尽。"

在我看来，一个女人的20多岁，正是集中被波伏娃所说的诱惑所包围的时期。

我永远忘不了，我临近毕业在宁波求职时，住过大学生公寓。二三十号人住一套三室一厅的房子，我们4个女生同住一间屋子，我下铺的女生居然为了省下房租和伙食，选择与房东苟且。

我观察四周，发现那些不学无术、无所事事、以色侍人的女生，仗着20多岁是自己最好的年龄，值得被男人捧在手心里，值得被领导原谅错误，任何名牌都值得拥有，任何享乐都理所应当，大多数把日子越过越差。

尤其是那些把“青春就是本钱”误解为“青春的身体就是本钱”的姑娘、消费欲望远超赚钱能力的姑娘，真正把 20 多岁过成了她们人生中最好的阶段，因为以后都要为今天的错误付出代价，成了漫长人生中的后悔药长期服用者。

而对那些在 20 多岁时身在苦中不知苦，不断解锁人生新技能，不断强化打怪的工具箱，一路踏实打拼，一路走上坡路的女人来说，就算以后阶段性地被岁月没收掉一些胶原蛋白，她们也渐渐深谙如何与人相处并与己自处。智力、财力、能力等综合得分不断提升，让她们以后的人生，一年比一年好。

反正我是听不惯“20 多岁是女人一生中最好的岁月”这种诅咒话。

我的年龄观始终是：用心生活的每一天，都是一生中最好的年华。但如果一定要在年龄前面加上什么“最好”“最差”的字眼的话，我宁愿 20 多岁是一个女人最差的年龄，也万万不愿这是一个女人最好的年龄。

女人到底怎样
投资自己才有前途

我与新同事一起逛商场时，我俩先在护肤品专柜前驻足，后来她试用彩妆的时候我看着，我挑选书籍的时候她等着。

我挑好书排队结账时，推荐了两本自己觉得受益匪浅的书给这位小美女。她翻过来看了价格后摇头说："好贵，不买。"

我纳闷，这本书 39.8 元，那本 36 元，加起来才是她刚才买的那盒娇兰六色眼影盘价格的十分之一。她有钱买化妆品，怎么没钱买书？

她仿佛听到我心中的疑问，解释说："就是因为刚刚花在彩妆上的钱太多，现在才要省吃俭用。不过女孩子嘛，舍不得钞票，套不住美貌，投资自己就得大手笔。"

我想起网上有人说过："女人要多赚钱，就算不用养家，也得养着圣罗兰的唇膏、香奈儿的眼影……"我感觉这比养家的负担重多了，毕竟都是上市公司。但对我而言，除了养着保养品公司之外，还得供养各家出版社、发行商和实体书店。我很怕书商们日子过得紧撑不下去，会让我的精神世界变得贫瘠。

虽说好看的女人自带烧钱属性，但是女人真的不能只为好看而烧钱。

上个月，有个妹子把脸凑得离我很近，问：“看得出我做了开眼角手术吗？”

我心想，就她这款能在非口误的情况下，把“奥黛丽·赫本”说成“澳大利亚·赫本”的人，眼睛需不需要开眼角我不知道，但她的知识面和思维方式太需要扩展了。

她是擅长把嘴贱当幽默的话题终结者，我很想建议她去喜马拉雅上充值，跟着奇葩团队学《好好说话》；她总会小肚鸡肠地猜别人看不起她，我很想建议她每月拨出旅行经费，去见识风土人情以开阔心胸；她对别人感兴趣的新话题总会习惯性地泼冷水，我很想建议她付费参加线上线下的精品课程感受乐趣。

凭我对她的了解，她几乎把该买书、该旅行、该培训的钱全部省了下来，用来买各种各样的高档化妆品和轻奢包、靴、帽。

我很想劝上一句：没错，女人爱美，这是普世价值观，但你不能只把钱和精力投在皮囊方面啊。

在一个貌似看脸的时代里，有人认为“我美，说什么都对”，怎么可能？不然NASA（美国国家航空航天局）的员工全招选美小姐算了；有人觉得“我美，就是人生赢家”，怎么可能？抓了基因好牌的绝色美女过得一塌糊涂的新闻也不少。

我还见过有些女人投资自己的方式肤浅又短视：要么无视自己的扩容和成长，把希望寄托在男人或孩子身上；要么不顾自己的能力和潜力，以自我投资的名义沉迷在消费或享乐中无法自拔。

自己是最好的投资标的，我觉得女人这样投资自己才不会亏：除了皮囊变美之外，把金钱、时间和精力投入到知识体系、专业技能、气韵气质、眼界格局的培养中去，重视自身的扩容和成长，挖掘内在的能力和潜力，让投资持续产生复利，成为发扬光大版的自己。

说到我身边既有前瞻性又明智地投资自己的女人，共性是都有双远光灯般的眼睛，能把自己经营得肉身可爱、灵魂可贵。

从她们身上，我学到三点宝贵的投资经验：

1. 每养成一个好习惯都是融到资

我认识的某位高龄产妇，生完孩子后恢复得极快极好，一经打听，她从高中起就坚持每周至少游泳两次；

我阿姨常年早睡，三餐规律，笑口常开，快40岁的人了，据说她的年度体检单最后一页的医生建议那栏几乎是空白的；

我配偶的姥姥，每天晚上都会泡脚梳头，眼里还有孩童般的好奇。已过80高龄的她，一个人照样健步如飞地到处旅游。

每养成一个好习惯，再用时间来保持，你会抽到手气最佳的人生红包。

2. 尤其要追求精神领域里的名牌

我见过不少女孩儿口红要奢华大牌，面霜要明星御用，包包要限量新款，但对自己的性格、学识和教养，分分钟退而求其次。

冯唐说过："如果我只能追求一种名牌，一定追求教育上的名牌。"我深以为然。就算毕业了，我们也要尽力获取优质的自我教育资源。在经济允许范围内，适度追求物质名牌无可厚非，但除此之外，我们更要追求书中陈述的名牌观点、身边牛人的名牌特质，然后耳濡目染地把自己打造成行走的名牌。

3. 要做颜值时代的最强大脑

我妈的同事的女儿小我一岁。以前她在浙江读大学期间，每个假期回家，大家都感慨江南的水土太养人了，因为她的皮肤越来越白皙水嫩。

我听她妈说，她大二时自学经济知识，把奖学金和打工赚的钱拿去买股票，那一年是 2007 年，股市把她后两年的学费都给报销了。

还有我很欣赏的一位文案高手，她在我心中就是唐诗宋词的代言人。去年"双十一"，我们几个好友在群里晒出购物车，她那添加了好几套精装书籍的购物车，显得格外与众不同。

她曾有条朋友圈被我截屏保存："买支口红，口才也得跟得上；买支眉笔，文笔也不能掉链子；买瓶精华液，书中的精华更得完全吸收。”

最美港姐李嘉欣，就算谈着恋爱，就算拍戏繁忙，还从英国的大学里找教授教她学习英文。除了粤语和上海话，她还会说英语、葡萄牙语、意大利语、日语等语言，此外还会品酒、画画以及心理学方面的知识。

你看，比你漂亮的人还比你好学，天之道，哪里在损有余而补不足啊？

总之，女人投资自己时要谨记，除了淡化皮肤表面的纹路，还得增加大脑皮层的回路。

男不强大
女难容

作家六六的新作剧名是：《女不强大天不容》，字面翻译过来就是：女人不强大，天理不容。那男人要是不强大呢？为女人所难容也。

男友失业，我要不要分手？

最近一个女网友私信问我，男友失业三个多月了，她要不要分手？由于她提供的信息少而片面，我也无从作答。

但我想到了在我女伴身上发生的事。她和男友从大学军训时开始谈恋爱，毕业以后女伴考进了事业单位，男友进入民企当储备干部。两个人意气风发，感情坚固。

可是败给现实的爱情故事老套得令人唏嘘。女伴工作出色顺风顺水，她男友诸事倒霉饱经风霜。最终在她男友再一次黯然失业时，女伴果断提出了分手。

几个互相认识的朋友谈起他俩的事，多少觉得女伴有些现实。可我知道内幕，她提分手的原因是她男友既不安贫乐道，又不思进取。我听女伴暗流涌动地讲起过曾经：她男友看别的女人背个好包说人家虚荣矫情，看别的女人事业进步说人家靠人上位，看别的女人嫁得好点儿说人家嫌贫爱富。她男友像是故意在她面前说这些给她打预防针。她看着男友对美好事物狭隘歪曲时那张扭曲阴暗的脸，内心号啕当年那个阳光帅哥去哪儿了？

分手后，我这个女伴过了两年才重新谈恋爱。谈婚论嫁期间，她未婚夫因拒绝被外派索性辞职。在他失业期间，二人的婚礼如期举行。

我知道她老公婚后求职不太顺利，但每次看到她，都见她毫无惧色坦荡自在。有一次我实在按捺不住地问她："老公失业你就真的不着急吗？"

她说真不着急，她老公很强大。见我一脸狐疑地等着她娓娓道来，她说她本身事业平顺，正因为目睹她老公在低潮时如何自处，更是义无反顾地结婚。

婚前她那失业的老公曾跟她说过，由于自己在事业上升期突然离职，够个管理职位有些费劲，找个新手工作有点儿不甘，求职期间如有波折请多担待。

他照样像上班时那样按时起床，边听英语新闻边做早餐，把找工作当成工作本身，有合适的面试机会出去应聘，没有就在家研究行业动向、投递工作简历，累了还会拿出字帖练字或者下楼跑步。有一天她下班到家迎接她的是一大桌好菜，她老公戏称“要留住一个女人，就得留住她的胃”。

她没听到他抱怨现实，没看到他姿态颓丧，没见到他妄自菲薄，甚至经常生出错觉，他仿佛不是失业，而是一名自由且自律的自由职业者。听她讲完这些，我才真正放下心来。

我不知道这种曲线救国的回答能不能解答开头的女网友问我的那个问题。

女强男弱，夫妻真会过不下去？

传统观点认为男强女弱、男主外女主内、男人赚钱养家女人貌美如花的相处模式最稳定，可社会分工的发展造就了种种女强男弱的异象。我倒觉得这是我们女人经历过的最好的时代，但还有一群女人在那里矫情。旧秩序已经被打破，新格局尚未形成，女人都在摸着石头过河，可是男人不也是这样吗？

双方强或不强，仅从账面收入或社会地位来衡量，那多局促与狭隘？男人的强大未必是永远英明决断、毫无破绽，而是长期不卑不亢、不忧不惧。我就特别看重男人遭遇困境能从容应对，保留情趣，执着进步。

男人偶尔失业暂处颓势也万万谈不上吃软饭，退一万步讲，就连吃软饭的男人中也有强大的。洪晃颠覆地说完“安心吃软饭的男人都是大人物”，李银河马上跟帖：“看到洪晃说有本事的人才吃软饭，说得很精彩，李安就是让老婆养着，王小波在很长一段时间靠我养着。对没本事的男人来说，被人说吃软饭是最大的打击，只有有本事的男人才有底气被养起来。小波跟我说过，巴尔扎克也是总有贵妇养的，证明很多出色的文学家、艺术家都这样。”

洪晃也好，林惠嘉也好，李银河也好，都在男人不得志的时候陪伴过他们。对那些说她们有眼力见儿，慧眼识潜力股的说辞，我相信她们是真看上了他们的才华和坚持，甚至真没盼着他们日后多有出息，不然洪晃不会说出那句“我看了他（陈凯歌）导演的《黄土地》之后，就觉得太棒了，完全像一首诗”；林惠嘉不会说出那句“无聊的话你（李安）找件事做，不一定要是赚钱的事”；李银河也不会说出那句“我对别的男孩儿了解后就不喜欢，他们没有意思，很快就见了底，可你（王小波）不，因为你的心底有一个泉，它永不枯竭”。

在她们眼中，没有投资回报率，没有四两拨千斤，只是在自身完全自信的底色上，能抛开世俗成见去品味才华，能用审美的眼光去挑选男人。

强大的女人真是不得了，容不容男人是她们说了算，而且连男人强不强都由她们来定义。

我要把最好的情绪，
留给最爱的人

我有段时间工作很忙，行程很赶，压力很大，绷得整个人铮铮作响。

白天上班时，我习惯性地将原始情绪经过美化处理后再输出示人；下班回到家，我终于可以解放天性做自己了。

当时的我像座下水管道被阻塞的城市，一场小雨就能水漫金山。配偶的一句话说得不得我心，或是父母在电话里唠叨几句，我就会来一场无中生有、小题大做的焦炙，常将情绪翻倍回复家人。我以为的批评，实际上是发怒；我以为的沟通，实际上是挑衅。对待父母我还能稍微克制，跟我的配偶说话时，语调阴阳怪气，怒点屡创新低。

再一次加班加到很晚，回到家我整个人都累软了。配偶给我递杯茶，我依旧连连抱怨自己在工作中的愤怒与委屈。我妈给我

打电话，一听说我加班到这么晚才回家，又心疼又着急地劝我，钱没必要赚太多身体最重要之类的。不知被哪句话彻底引爆，我语气差得像个肇事司机，顶了几句嘴就不耐烦地挂断了电话。

我的配偶平时很包容我，那天也忍不住了，严肃地说我："你把好脸色和高情商用来招待外人，把没耐心和差脾气用来虐待家人。"

他醍醐灌顶的一番话让我觉得自己真没出息。配偶体谅包容我，爸妈宠爱心疼我，是因为我在他们心中是软肋啊，现在我却变成攻击他们的刀剑。

人好像从婴儿时期就是这样，对陌生人规矩老实不敢造次，对照顾自己的人就哭闹折腾又打又抓，可能对熟悉的人更有安全感，但是长大后的我们已经不再是婴儿，别拿着没有安全感的蹩脚理由来伤害在乎自己的人。

从那天起，我开始高度重视在家里的情绪问题。

我一直觉得，坏情绪止于智者，这点对女人来说尤为重要。

你看生活中，倒霉的女人抱怨爱人在她遭遇磨难时无情地离她而去；你再看访谈里，顺遂的女人感谢家人在她艰难时给予鼓励支持。为什么前者惨遭离弃，后者却被爱包围？原因当然是多重的，但当事人对家人的情绪表达方式是重要分水岭。

我有个女友向我叙述过她曾在半年里事业、爱情、友情、健康四大皆空的惨状。对她安慰打气之余，我引导她排查真正原因，她最后归因于情绪问题。

她那时是个新入银行的柜员，业务繁杂，面笑心苦，没空上厕所，年假被占用，指标一直涨。每天下班回家后她连话都懒得讲，与男友的关系日渐紧张。终于有一天，她不小心把传票递给客户，为拿回那张本该留存的票据，几经周折去到客户家拿，回家后心情崩溃因鸡毛小事与男友吵到当场分手。

后来挺长时间内她易怒易躁，又与好朋友吵翻，身体也被心情牵连，心里觉得被整个世界遗弃了。

我女友遇到的问题，未必是遭到挫折同时袭击，而是在坏情绪这条导火索的牵引下沿途各站顺次爆炸，可见心里的纠葛会通过人际关系呈现出来。

我想起《超级访问》的女主持人李静，有一次她笑谈创业时的困难，忙得连眨眼的工夫都没有，连着轴地开选题会，到处找电视台推销自己的节目，喝酒应酬后吐完又开策划会。

她说当时屡遭资金欠缺、团队建设、节目改版等难题，沉重的巨石压于心头时，无以疏解，会放声大哭，一直哭到家门口，抹干眼泪，没事人一样走进家门。

世界花样滑冰冠军“冰上蝴蝶”陈露的某段采访片段让我感触很深。她说有段时期，伤痛的折磨、与教练的矛盾，让她深陷低谷。那年大年三十晚上她赶回家，在大雪中等了两个小时都没打着车，后来好不容易坐上一辆车，上车后就忍不住地哭，登机后眼泪还在不停地流。然而在飞机快降落的一瞬间，她立刻不哭了，说：“我要以一个笑脸迎接家人。”

经历人在窘途的一程，以及人在窘境的一年，或许是她见到家人心感喜悦，或许不舍得让父母感到压力，选择把最好的情绪留给最亲最爱的人。

人人都会有坏情绪，也需要发泄，可是这个烂皮球踢给谁都不好。

踢给陌生路人，你会有素质低下、修养不佳的口碑评价；踢给朋友同事，你会有难以相处、处处碰壁的人际关系；踢给配偶亲人，你会有纷争不断、乌云笼罩的家庭氛围；只能踢给自己了，你这生着闷气、咄咄逼己的打开方式，早晚把自己折腾出一种家不和万事不兴的体质。

我发现像我这样的独生女 + 急性子 + 要强狂，简直就是最受坏情绪青睐的寄主。这些年，我在与坏情绪斗智斗勇中，总结出以下两句话：

其实自己辛苦赚钱，不就是想让全家生活更好吗？

我要想方设法地对坏情绪节能减排，要把最好的情绪留给最爱的人。

你眼中的大龄，
是我心中的“达令”

29 岁的女友宣布了一个决定：她要考研！当场把聚会变成一个关于“大龄考研，到底值不值得”的辩论现场。反方辩友人多势众，在她们看来，明年就 30 岁的人了，不赶紧忙着相亲结婚而去考研，简直是在不负责任地儿戏人生。

我就纳闷了，是不是别人手上发了一份“黄道吉年”的年历，在涉及结婚嫁娶、生儿育女等重大事项时，必须择吉年而从之，以求得天时气运的助力，近福远祸，趋吉避害？

女人 30 岁这年的年历上是不是通通写着“宜结婚”“宜生娃”而“忌考研”“忌单身”的字样？

我没收到过这样的年历，可能上天看不惯谁，才会把这本年历发给谁，让其忽略自身的喜好和意志，参考别人眼中的活法标准，拉齐自己的进度条。

我势单力薄地站在女友这边：不管是相亲结婚，还是复习考研，明年都是30岁，只要认清自己所爱所需，没在逃避现状，也能承担风险，想做什么事就去做，管人家多少岁呢？

我受不了别人总是拿年龄说事。

“女孩子读什么研？研究生毕业都快30岁了，工作和男友都不好找。”难道此人没见过学业、事业、爱情三丰收的多彩女博士吗？“女人的黄金年龄就这么短短几年，趁着年轻多打扮，不然以后会遗憾的。”难道此人没见过七八十岁还穿着华服笑傲伸展台的美丽超模吗？“要么就离婚要趁早，要么就打死都不离，大龄离婚女人再拖儿带女，很难找到下家了。”难道此人没见过和前夫争完孩子的抚养权后走入二婚怀孕生子的幸福女明星吗？

区区年龄，怎能成为标记女人一生当中所有起承转合的唯一标准？

我一直感觉，我们的社会对大龄女人很不友好。

“女人三十豆腐渣”的顺口溜家喻户晓，“女人的青春很短暂”的俗语也口口相传。

更可气的是电影《再见！不联络》中的那句台词：“十年并不是很长，但如果刚好是从18岁到28岁，那就代表一辈子了。”这都什么情况？28岁就可以代表一个人的一辈子？

社会上的大多数对女人的人生时刻表有这样的期待，务必要利用好23～27岁的黄金时段。23岁大学毕业，找份稳定的工作，事业不用拔尖儿，找个大自己几岁且车房兼备的男士，谈恋爱谈个一两年后成婚，27 岁之前生个孩子，这样的女人让人挑不出错来。如果老公很会挣钱，或孩子很会学习，那么这样的女人就能让人竖起大拇指了。

“到什么年龄就该干什么样的事”或许能过得安稳幸福，但是那些“想干什么事不是由她处于什么年龄所决定”的女人更加值得尊重和支持。

青春饭总会被吃尽，哪个人不是向老而生？既然留不住狭义的青春，你不如多想想怎样拓宽广义的青春。

有人说年纪大了转行太难，可是摩西奶奶 77 岁才开始学画画，80 岁才办画展。她说：“人生永远没有太晚的开始。”

有人说趁着年轻要多经历些事，可是有的老人年纪大了照样还在体验人生，我甚至见过一群老人和孙子一起玩滑板、玩摇滚。蔡澜说：“老了依然可以谈谈未来。”

女人年纪大了也不意味着就与美丽绝缘。人们照样尊称现在的林青霞为女神，照样被现在的钟楚红迷得魂飞魄散，照样认为现在的刘嘉玲比年轻时更有魅力。

女人年纪大了也不意味着没有爱情相伴。林心如 40 岁才结婚；63 岁的婚纱女王也可以和 27 岁的花样滑冰冠军谈恋爱；日本诗人柴田丰，在 92 岁时才开始写诗，还写下了“就算 90 岁也要谈恋爱”的名句。

女人年纪大了也不耽误问鼎世界级奖项。加拿大女作家爱丽丝・门罗在 82 岁时获得诺贝尔文学奖；中国女科学家屠呦呦 85

岁时获得诺贝尔生理学或医学奖；英国女作家多丽丝·莱辛在 88 岁时获得诺贝尔文学奖。

人们一方面期待女人到了什么年龄干什么事，但又歌颂或羡慕那些拒绝被年龄定义或束缚的可爱女人。其实她们的精彩之处恰恰在于：永远在体验，永远在创造，永远满怀激情地按着内心的脚本走，永远没把年龄当作参考系。

没有人有资格压缩女人的青春，女人也不必被“什么年龄干什么事”绑架。只要是有心人，不管年纪多大，都不耽误活出自己的美好。而那些仗着年龄倚老卖老，或未老先衰的人，对生活不再好奇，对世界不再热情，懒得观察和感知世界，不去思考和体验，那才是一种可悲的老去。

歌手彭佳慧有首歌曲的名字叫作《大龄女子》，在谈及创作背景时说：“虽然我一直强调说‘大龄女子’，但不一定跟年纪有关，因为‘大龄’还有‘Darling（亲爱的）’的意思。”

我不由分说地爱上了这个解释，在别人眼中大不大龄又能怎样？在生理层面上大不大龄又能怎样？反正在自己心中是永远的 Darling，我要去做亲爱的事，爱亲爱的人，追亲爱的梦。

我爱你，
我太应该有一点儿长进了

“因为认识了你，我太应该有一点儿长进了”，每次我读到王小波给李银河的这句情话，心里就感动到一塌糊涂，并想起我们大学班级里的一对情侣。

我读大四时，听说我们学校和北欧的某高校签订了合作协议，我们班的那对情侣心动了，毕竟那是女生的梦想国度里面的心仪院校。

女生做梦都想报考那所学校，她的专业分数和英语成绩都能轻松过关，可是早把英语丢一边的男友英语烂成渣。虽说那个有自己官方语言的国家只需雅思分数高于 5.5 分就行，但这对她男友来说还是太难了，尤其是在时间不到半年的情况下。

但她男友真是让我们全班人刮目相看。据说他走路练听力，吃饭背单词，报名辅导班，熬夜斩真题。我去图书馆自习室几乎

都能看到他俩在学习。他俩考雅思时是带着全班人的祝福上考场的。

女生第一次考试就高分通过，男生意料之中地没过。女生做好了男友再考一次考不过就不留学的决心，男友更是拼命复习，抓住了最后一次机会。我像见证了一次微型奇迹，原来青春片里学渣为了心爱的姑娘变成学霸的桥段没在瞎编。

庆功宴上，同学们纷纷夸男生太给力了。微醺中的男生说了一句话："因为想和她在一起，我太应该有所长进了。"那一刻起哄声不绝于耳。

后来他俩一起出国了。我以前在他们的人人网上就看到他俩情人节在埃菲尔铁塔下拥抱，节假日拿着打工赚的钱去欧洲到处游览，现在朋友圈早已变成回国后的一家三口的美满生活展示。

每次我看到因为爱一个人而倒逼自己有所长进的故事，心里就感觉踏实而喜悦。

其实后来我看王小波和李银河的往来情书，王小波写信给李银河"因为认识了你，我太应该有一点儿长进了"；而李银河也回应王小波"我还常常想，为了你我想变美一些"。

杨绛先生的语录和故事总会包揽我的全额点击率。她曾经这样说过："我做过各种工作——大学教授，中学校长兼高中三年级的英语老师，为阔小姐补习功课，还是喜剧、散文及短篇小说作者等。但每项工作都是暂时的，只有一件事终身不改，我一生是钱锺书生命中的杨绛。"

假如换成一个为家庭、为男人、为孩子疏于事业乃至舍弃自己的主妇，套用“只有一件事终身不改，我一生是某某人的妻子”的句式，我的情绪铁定往负数那边一路狂奔而去。

倒不是我双重标准，只因为杨绛先生是世间什么工作都能做到发光的杨绛啊！集作家、戏剧家、翻译家于一身，通晓英语、法语、西班牙语，翻译出被公认为最优秀版本的《唐·吉诃德》，创作出霸屏舞台六十多年的剧本《称心如意》，92岁出版风靡海内外的散文随笔《我们仨》，96岁出版哲理散文集《走到人生边上》，还出版了250万字的《杨绛文集》八卷。

杨绛先生亲身演绎了好的爱情能够相互促进，滋养爱情和运营自己并不冲突，宠溺爱人与深爱自己并不矛盾。甚至为了保存钱锺书那点儿“天真、淘气和痴气”不被压迫和损伤，她也承认耗去她不少心力和体力，感到人生实苦，但自始至终没有放弃自己去爱别人。

从此处我看到一种殊途同归的高质量爱情：为了你，我成了更好的自己，我要拿更好的自己去爱你。

若要选这世间最令人心酸的歌词，我把选票投给李宗盛写下的那句“我对你仍有爱意，我对自己无能为力”。

我是接受不了这些说辞的。

有些人打着“我爱你”的旗号，所以我没有安全感、小心眼、暴脾气，对你大呼小叫只是为了引起你的注意；我翻你的手机记录只是怕留不住你，对你情绪失控只是因为爱你爱到发疯，无视自己只是希望有更多的时间来照顾你。

在我看来，这些是典型的以爱别人为借口来逃离自己的人生的行为。既然你爱别人，就想方设法地呈现一个更好的自己。把一个已经丧失爱好与热情，情绪分分钟擦枪走火，内心忐忑心生猜忌的自己交给他人，这完全就是“我为你变成这副德行，好赖你都得接收”的恶意绑架。

你可曾想过，如果自己是一棵人肉摇钱树，爱人就可以别再那么辛苦地工作了；如果自己热爱生活而传播快乐，爱人接收到后也会获得愉悦心情；如果自己坚强起来学着解决人生困境，爱人一旦陷入低谷自己还有能力前去扶持。

多数时候，放弃自我成长的人等于放弃关系本身，但凡拿着破罐破摔版的自己去爱别人的行为都是耍流氓。在一段关系中，不有所长进的人就不足以表达“我爱你”。

我爱你，就拿出更好的我去爱你，希望你也拿出更好的你来爱我，这种陪伴才是最有诚意的告白。

不想过坏日子，因为时间不允许

今天我坚持看完了一本烂书，为此严重地生了个闷气。我最后悔的是自己早知那是烂书，为何不弃书？

我想起被冠名为“最精湛纯粹的读者”的哈罗德·布鲁姆的一句话：“我快 70 岁了，不想读坏东西如同不想过坏日子，因为时间不允许。”

我喜欢布鲁姆这个经典文学的铁杆粉丝，在他看来，结实的老家具尚能作为古董流传，糟糕的文学作品则不会在时间里留下任何痕迹。

他还为自己的书《西方正典》做了高质感的“营销”：知识水平和审美力的培养或许没有捷径，此书提供了一份经过筛选的菜单，人生有限，读书时间更有限，何不首先去读那些经过了检验的书？

读一本坏书籍，你不仅浪费看书本身所花的时间，还需花费额外的时间来恢复心情；过一天坏日子，不仅虚度了当天屈指可数的 24 小时，未来的某天自己可能还得花费时间来悔不当初。

不遭遇坏日子不太可能，你却是可以选择不读坏东西的。

对坏事物不能麻木宽容。

以前有部恶俗的贺岁电影陷入“网友吐槽—导演喊话—全民恶搞”的热烈程序中，当时我打算为了吐槽积累素材，特意邀三姐和表妹去观影。三姐抵制不去，还反过来教育我：“要看就看好电影，不知情的情况下踩到雷不可避免，可明知是烂片还去看，也太不把自己的时间当回事了吧？大家都怀着这种‘看看电影到底有多烂’的劣质好奇心去推高票房，以后发现商机的从业者会不会都以生产劣质电影为己任？”

后来我表妹和其同学去看贺岁片，回来后捶胸顿足地大呼上当，而我跟三姐在家看了一部她推荐的文艺电影，暗自庆幸自己避雷成功，猛夸三姐的选片品位。

三姐嘚瑟之际吐露秘诀：“只挑那些导演沉寂多年为磨一剑的片子。”创作者的时间就是最大的诚意，三姐如此选片，极少出错。

对坏事物不能麻木宽容，如果我观看低俗电影，同一时段就含恨错过好片；如果我摄取垃圾食物，肚量有限就容纳不下健康食品；如果我使用粗拙东西，意味着将无缘结识凝聚匠心的器具。我趁机以小见大地发了个实名毒誓：从今以后，我要尽可能少读没有营养的粗糙文字，少看消磨心智的渣滓节目，少买拉低审美品位的生活用品，因为这些会积累成糟糕的一天，日子过得糟，时间会心疼。

我们应该只接受承受范围内最好的事物，因为不被美好款待，就被劣质虐待。

和折损你的心绪的人保持距离。

我大学时曾单方面决定对某室友渐行渐远，因为她全日制地在生产负能量的作坊里值班，让我与她共处同一寝室的大四时光黯淡如败絮。

我们寝室有个女孩儿那年去校外租房，和我同系不同班的她因与原寝室同学不和，申请转来我们寝室。我和她属于自来熟性格，可随着相处时间增加，我觉得自己的情绪日益低落。

不知她是因毕业季忧虑，还是本身性格就消极，脸上总是抹着乌云制成的粉底，嘴巴经常涂着恶语做出的唇膏，浑身愁云惨淡的气质直逼丹田。

我并非看到同学负能量缠身就果断远离的人，还曾不自量力地想让她快乐开朗些。

踏入食堂，她习惯性地嫌弃菜品难吃卖相不好，我说“毕业后你会怀念的”，她听完瞪大眼睛夸张地摇头；投递简历，她对石沉大海的现状颓丧不已，我把简历制作指南发给她，她说 HR 只用几秒钟看她没经验就转向他人；我邀她跑步，怎么跟她说跑步让人产生多巴胺她都拒绝，还说我不干正事没有紧迫感；我去自习，她又阴阳怪气地嘲讽我的无效用功，还附带一些学习无用论的丧气话。

我当时道行不够，有情绪时常被她带到沟里去，后来觉得食堂的饭菜飘散着她的恶评；我投的简历没回复时，想到她的话更感气馁；我跑步时，她的嘴脸在我脑中时隐时现；我看书时，忍不住咀嚼她的冷嘲热讽。

我的心又不是露天仓库，哪儿能装下她无止境的垃圾情绪？于是我刻意与她保持距离。我去外地实习后，接触到许多上进开朗的年轻人，心情指数随之水涨船高。

时间是守恒的，你过了一段灰暗的日子，就错失了本可以明亮的生活。

攒下时间去过好日子。

我的同事圈里有个高效妈妈，简直就是一台行走的多重任务处理器，我从她身上学到很多高效人士的御用习惯。

工作上，她从不拖延，操作办公软件动作麻利得像男生打游戏，上班不挂即时通信软件，跟她说事只能打电话速战速决——她常说“延”与“误”永远连在一起。

消费上，她理性花钱，用于自我投资和丰富生活的钱毫不手软，但买东西买错两次以上便会自我问责。她极力避免着既浪费钱又浪费时间的行为，说金钱是花时间赚来的，所以说到底是对时间的深度浪费。

我偶尔瞥见她的高效生活就自叹弗如。点餐完毕，她在等上菜的时间里，已经用手机完成了当月的水电费缴费；午休时分，她会抽空打开关于女儿的家长群，和常驻家长委员交流一番；嚼舌根嘉年华，她不是巧妙地干预话题方向，就是竖起隐形金钟罩去忙她的正事。

有一次闲谈中，她说用泡沫洗手液能把发泡的时间省下来时，我满头黑线地问她："这么把一秒钟掰成两秒花不累吗？"她先反问我："谁说会高效工作的人不会高效休闲呢？"接着她再正面回答，"我们力求高效还不是为了攒下时间去做自己喜欢做的事？"

的确如此，她简直成功实现了工作时"别在最能吃苦的时间选择享乐"模式与休闲时"别在最能享乐的时间选择吃苦"模式的自由切换。

当看到她在朋友圈里晒出她学茶道、练书法、跑马拉松等的照片时，当收到她亲自做的手工香皂和自制唇膏时，当听到她告诉我她每天最享受的事情是满怀童心地给宝贝女儿讲睡前故事时，我知道她在该做的事情上把一秒钟掰成两秒花，正是为了在想做的事情上把两秒合并成一秒花。

不管你现在多少岁，能不过坏日子就尽量矫健躲避，因为时间不允许。每个选择都会让时间分叉，但愿你不要让自己的时间误入歧途。

未经搏杀过的善良
终究只是天真

期待已久的《芈月传》，我哭着也要将它看完。虽说剧情和人设略显随意，但该剧还是给我很多启发点，之一便是芈姝。

她简直是格局小、爱妒忌、没主见，更重要的是女娲能补天也补不了她的智商缺口，这种心智要挑起宫斗剧的大反派重任实属为难。

最近我和同事、朋友闲聊剧情，置顶的评价是：楚国公主芈姝心地善良，秦国王后芈姝心狠手辣。

可我不这么认为，芈姝那种人不能被称为善良，她前期稀里糊涂的善良行为，不过是没见过世面、未经过搏杀而已。

芈姝自小被威后保护成为温室的一枝花，不经风雨，难见磨难。身处高位的她可以真心对落难的芈月。可嫁入秦宫后，眼红官方认证的霸星芈月赢得王宠、贵人相助、教子有方，芈姝过上了防守型的婚姻，整天臆想猜忌、患得患失，想要斩草除根，痛失秦王爱，养育白眼儿狼，断绝姐妹情，最终把一副好牌打得稀巴烂。

有种同情芈姝的对方辩友会怪芈月，说好的心有所属不侍寝呢？说好的大仇得报就闪人呢？说好的初恋生还就私奔呢？她拉高期待值后却给人落差感，谁受得了？但如果芈月不得宠，孩子不优秀，芈姝肯定会和芈月一直姐妹情深下去的。

很多人想不通芈月怎么不为儿子争太子之位，其实像芈月那种从小就失去至亲、饱尝屈辱的人，更知道最重要的是自己在乎的人过得平安快乐。她见过世态险恶，却仍然不害人，可谓那种环境下的善良。

看着芈姝从不谙世事的小白兔变身成机关算尽的老巫婆，我内心还是很唏嘘的。一部经不起推敲的电视剧确实不至于让我内心翻腾，而真正让我感慨的是我觉得在现实生活中，类似芈姝的人还挺多的：先天一路顺遂惯了，就受不了别人后来居上，见不得别人好，更见不得别人比自己好，把别人设想成为假想敌，忧虑心塞到头痛。

我认识的一位漂亮妹子，和男友相恋时经常要性子、发脾气。后来男友提出分手，她十分痛苦自责。当她看前男友的微博发现对方疑似有新恋情时，悲愤到难以自持，翻出假想情敌的微博照片给我们看，经常不解地问我们，她前男友怎么会喜欢身材、相貌、条件都远不如她的那个女人。

我老家的一位阿姨，历来以自己女儿为骄傲，见人就得意地夸赞自己的女儿从小学习好、工作好、嫁得好。后来女婿有了外遇，小两口儿离婚后，阿姨反过来看看原先一点儿都比不上自己女儿的女人们过得也不错，见面打个招呼也阴阳怪气的，长吁短叹。只有讲到别家女儿的困顿处境，她才稍微重拾旧日的优越感。

不能光说别人，我自己也有这种问题。我以前成绩挺好的，但是高考没考好，有段时间也很看不开，心想原先班级排名比我落后二十来名的人高考分数都比我高。

过了一阵我豁然开朗，凭什么落后自己二十名的同学就应当永远落后我二十名？王侯将相宁有种乎。别人可能在冲刺阶段时迎头赶上，可能在临场发挥时状态更好。我只能怪自己没考好，而不是别人考得好，自己整天心理阴暗地把别人的成功视为侥幸，干吗和自己过不去？

其实像漂亮妹子、老家阿姨和没考好的我，都有点儿芈姝的性质，只是没有以腥风血雨、张牙舞爪的形式体现出来，毕竟现实世界不是秦国后宫。但不管是内心不平和还是言行不友善，我们多少对别人的反超不甘心、不释然，有几句话与其写给别人看的，不如说是说给自己听的。

1．愤恨生气最能瓦解一个女人的美

我的常驻偶像尼采有过这么一句话：“没有东西比愤恨情绪能更快地消耗一个人的精力。”

今年体检结果出来，十之八九的女同事被查出乳腺增生。大家很郁闷，想要的胶原蛋白不增生，乳腺跑出来抢什么戏啊？医生基本都嘱咐，别生气，要开心。

我们貌似有很多值得生气的理由，看了烂片、被人误会、一地鸡毛的坏事都讹上我们，升职加薪、家庭和睦、中奖撞运的好事都避开我们，但只要想到生气会使人头疼脑热、乳腺增生、长斑冒痘、法令纹加深，这些生气的理由就通通站不住脚了。

你因为别人过得比你好而生气烦闷，本身就因落差感不甘心，现在还得为生气买单，这气生得太不值当。

2. 不在单一价值体系里争强好胜

难道你真的因为学好数理化，就走遍天下都不怕了吗？当年把我整得捶胸顿足的拉格朗日中值定理和阿基米德定律，似乎在我的生活中也没起多少作用。我们走遍天下或者过好人生，单凭一项技能哪里够啊？

“目光放远点，你就不伤心了。”这是林语堂说的话，对我来说很有治愈力。

我们常常纠结于当下。一道题目不会做就怀疑自己的智商，一次考试没考好就担心自己的未来，一次恋爱没谈成就忧虑自己的幸福，一份工作没干好就害怕自己一事无成，于是我们心力交瘁地去争强好胜，甚至自作主张地给自己加了好多戏，营造出别人的阴谋论。把别人视为眼中钉、看成假想敌的人，才是真正给自己树敌。

3. 具备看清生活本质并热爱生活的英雄主义精神

女作家庄雅婷有这么一句话：“很多杰出女性说自己当年刚硬坚强，慢慢走来，却不知不觉放软了身段，开始体会温柔平淡的力量。看官不禁要问：那一开始就温柔温暖柔软的姑娘不更是人生赢家吗？其实也就是硬过才能真软，没有搏杀的温柔终究是天真。”

我们对生活的爱，应该建立在清晰了解的基础上。吃过亏、受过伤、流过泪，我们更应该对生活心平气和、温柔以待。

我欣赏经历磨难却依然乐观、见过炎凉却不失热忱的人，他们未必就是好了伤疤忘了疼，未必就是不屑成为以前自己看不起的人，而是有种看清生活依然热爱生活的美好精神。

总之，我们认识世界和自我的过程如此曲折艰辛，值得一个繁花似锦的心态。

女人的面容是她自己的幻想作品

保持好心情，已经成为我安慰别人的通用话术了。

我的一个好友，问我怎么退出失恋联盟，我回答“保持好心情”；问我怎么脱离“痘伴组织”，我回答“保持好心情”；问我怎样事业否极泰来，我依旧回答“保持好心情”。

并非敷衍了事，我自己也拿这句话当开光护身符。随着年月的增长，我渐渐发现自己的很多生活理念越来越唯心。

什么人生赢家、圆满女人，一旦郁郁寡欢、心情低落，通通被一票否决。

年轻姑娘都是各有各的清澈水灵，可是经过岁月沉淀，情绪、性格早已把女人的面貌分门别类。

正如叔本华说的那样：“人的相貌有如象形文字，这种象形文字是可以被破译的，他的相貌概括了他所要说的一切。”

我认识的一位姥姥，前些年真是祸不单行。一边是她的高龄母亲因病卧床，一边是她的知心丈夫意外住院，她两头兼顾、心力交瘁，嘴角像垂挂着重物，脸上皱纹深刻了许多。两位亲人相继离世后，她说："悲痛欲绝，真想随他们去了。"

最近一次我见到这位刚满 70 岁的姥姥时，对方气色红润、手脚利索，与之前的状态判若两人。姥姥说自己大悲之后豁然开朗，觉得活着的每一天都是赚来的，儿孙自有儿孙福，自己得抓紧时间享受余生。

姥姥精通俄语、熟知声乐。我们去她家时，她正帮着合唱团把俄文歌词音译成汉语发音，边弹着钢琴边标注歌谱。后来坐着聊天儿，我听她兴致勃勃地讲着她眼中的新奇玩意儿，真觉得她精神矍铄、返老还童。

六七十岁的老太太，按理来说新陈代谢和生理机能下降了，可是姥姥凭着释然地打开心结和沉醉地投入兴趣爱好中，游离在时间外，活出了逆龄感。

很多人会有这样的体会：工作上，听说甲方要来实地考察，迎检压力大到脸上活生生憋出几个痘；感情中，和配偶争执怄气后，当晚舌头侧面就冒出一个泡；生活里，由一些鸡毛蒜皮的事引发的持续烦闷，让额头和下巴变成粉刺大本营。可见，肤质就是人最直观的心情指示剂。

人在高兴时，会"喜形于色"；恐惧时，会"面如土色"；焦虑时，会"愁眉苦脸"；羞愧时，会"面红耳赤"……这些都是心理状态在皮肤上的定向反应，经过时间这位塑形大师的记忆和凝固，所有情绪都成为写在脸上的人生履历表，让人一览无余，童叟无欺。

所以，我越来越觉得，皮肤是个心理器官。

与默克尔离婚，和小鲜肉拍拖，邓文迪或颓丧或上扬的面部线条走向，激发着普罗大众对面相学的研究热情。在生活中，我们也看到想法总是阴暗消极的人，脸上早有线索；而内心住着少女的人，皱纹一拖再拖。

在我的认知里，女人们通常更爱胡思乱想，有些爱瞎想、善忌妒、小心眼的女人被关进了一所囚禁自己的牢狱，并非被人凭暴力关进去的，而是自己走进去，从里面锁上了门，再亲手把钥匙扔到了铁栏外面。最惨的是，世上根本没人知道她们被关押着，不理解她们为什么生气、流泪、被毁容。

她们对尚未发生甚至不会发生的场景，早早选配好凄凉苦楚的背景音乐，敲定好复杂险恶的配角人设，设置好十面埋伏的矛盾冲突，用想象力不断为困难加码，如此这般，自己亲手把负面情绪揉进面部线条里。

这里我要插播一条画风不搭，但逻辑相通的例子。犹太心理医生维克多·弗兰克尔被纳粹关进奥斯维辛集中营期间，时刻生活在恐惧里，每天随着长长的队伍去工地劳动时，想的都是“能不能活过今夜”“能不能吃上晚饭”之类让人绝望的事情。

这些想法让他深感厌倦和不安。后来他早上出工时，刻意想象自己走在要去演讲的路上，来到宽敞明亮的教室，精神饱满地开始演讲，脸上渐渐浮现久违的笑容。当他意识到自己还能笑时，就知道他不会死在集中营里，一定能活着走出去。

当乐观的弗兰克尔从集中营被释放时，别人都难以置信：一个人居然能在魔窟里保持年轻。

可见，一个人的面容剧透着他的内心戏。

有句戏谑的话是“虽然我长得丑，但是我想得美啊”，不过其实我发现想得美的人更容易长得美。

在你踏入令人紧张的面试或表演时，脑子里虚拟出自己走在巴黎时装周的伸展台上，能让身体自信发光；当你在单调的动感单车房中骑车时，闭上双眼幻想是在明信片般的景区内骑行，能让嘴角愉悦上翘；当你暂别喧嚣与自己相处时，通过回忆暖色往事或畅想梦想蓝图，能让脸上流光溢彩。面部照相机会定格下你通过幻想而产生的表情。

凡事想得美的另外一层意义还在于，当你总是心怀善意去想象别人时，对方也能接收到你发出的和煦信号，并很大程度上以相同频率反馈给你。人身处一个柔和温暖的环境中，更能保持内心平和，这样更有利于增加面部温柔和善的概率。

我身边很多目测年龄在生理年龄基础上打了七折的女人，通通擅长把想得美当成保养红利。我从她们身上提取出的公因数为：做事有尽人事的专注，做人有听天命的豁达，是忙中找乐、苦中作乐的挖掘机，是自娱自乐、知足常乐的小能手，对生活中的烦忧和愠怒，玩着《天天爱消除》的游戏，就算她们行至人生的锅底时刻，仍然会不自觉地打开心中储存美好的记录仪。

王尔德曾说过："女人的面容是她自己的幻想作品。"为了咱们这张脸更美一点儿，我们也得想得更美一些。

确立生活中的秩序感，每一天都轻装上阵

我大学有个室友，每次心情不好时，洗完衣服心情就好了。当时我多希望自己的脏衣服能有幸成为她的情绪抚慰剂。

她愤怒或生气时，会拿几条脏裤子去水房洗，将裤管平整地铺在水龙头下的平台上，撒上洗衣粉，用毛刷一下一下用力刷，正面刷完刷反面，一条裤子刷干净就刷另一条。当她晾完衣服后，我会看到她那张阴转晴的脸。

我有一次问她，为什么洗衣服都能洗出治愈感？她说，洗刷过程中的秩序感让她心安。

听着频率统一的声音，做着稳妥规律的动作，她该发泄的负面情绪、该厘清的混乱思绪、该平复的沮丧心情，伴随着洗刷衣服这个连贯且有序的动作，完成了令她满意的拨乱反正。

我仔细一想，觉得很有道理。我有个朋友说健身令人上瘾，

一个拉伸做到位，身体复原，再做下一个拉伸，多次重复后，身体里分泌了令人愉悦的内啡肽；我有个同学说阅读让人平静，翻开一页书，从上至下地看完，再翻开下一页，翻完半本书，之前的糟心事就被打上了马赛克；我有个同事说画素描很解压，尤其是处理投影部分或者明暗交界线的时候，手臂来回滑动，画作完成以后，阴影从心里转移到了纸上。

我想起以前看过一本土耳其小说《忧伤的时候，到厨房去》，书中有个居住在纽约的原菲律宾移民叫莉莉娅，遭遇了一系列生活的塌方事件：与瘫痪老公的冷战和对峙、两个领养儿女对她的误解和排斥。

当连丧偶后拿到遗产回菲律宾重新生活这个最后的精神支柱也被瓦解后，绝望的她到厨房里一遍一遍地试验一款叫“舒芙蕾”的脆弱甜点以寻求慰藉。

她让自己长时间地待在厨房里，准备食材、搅打鸡蛋，满怀期待地打开烤箱门，一次一次全神贯注地盯着蛋糕，一秒一秒地数着这个蛋糕撑几秒才会塌陷。塌陷了她再重做。

重复制作舒芙蕾于她而言，是在一种生活坍塌后，重建另一种生活的有力承载。

由此看出，所谓的上瘾、平静、解压以及治愈，秩序感都功不可没，它是拯救坏情绪的良方。

以我自己的经验来看，秩序感曾多次把即将沦陷的自己打捞起来。

当阴错阳差地没被心仪的学校录取后，面对缺乏能见度的未来，我意识到自己的支点在慢慢瓦解。重拾内聚力是从夜跑开始的，我戴着耳机听着动感音乐，一条腿落地时换另一条腿迈出，一步一步踩准节奏，一呼一吸吐故纳新，一圈一圈跑完预设距离。

当我工作压力很大或生活面临两难抉择时，给自己做顿青椒土豆丝能化解我的烦忧。除了自身爱吃土豆之外，最关键的是我很享受切土豆丝的过程。刀工欠佳的我为了避免割伤自己，必须专注于每次的手起刀落，把整个土豆一刀一刀地切成薄片，再堆叠起来切成细丝。我看着整个土豆由片变丝，心里会升腾出成就感。

夜跑也好，切土豆丝也罢，都是一些难度系数很小的小事。但在做这些小事的过程当中，我体内的力量逐渐积少成多，思绪越发脉络清晰。

焦躁被沉淀，痛苦被缓释，目标被聚焦，当做完这一件小事之后，我就积攒够了冲击真正挑战的能量。

和自己过招多年，我渐渐总结出心得。我觉得秩序感对身处困惑低落境况中的我之所以行之有效，是因为：

（1）秩序本身能让人更容易预知下一步行为的状态，在这一个小时空里，只要我有条不紊地完成了每个单调小步骤，就能完成这件事本身，生活中的其他难题也遵守这个逻辑。

（2）秩序感对生活难题有移情作用，抽离难题本身，心无旁骛地专注于当下，唤起身体里的节奏感，把散落的信心一点点地拼贴起来，以局外人的心境来看待一切，更容易邂逅灵感，解决困境。

一个有秩序感的人很少慌张迷乱。一个人生活的瓦解，最初是从生活细节上透出端倪的，所以在情绪洼地的人更要以某件小事为切入点，以小见大地构筑起生活的秩序感。

事态越是失控，内心越是崩溃，人越是需要从小事上的秩序感中汲取一股向上的精气神，蓄势待发，然后扶摇直上。

不要给别人
浪费你的时间的机会

有一天早晨上班我差点儿迟到。电梯里那个浪费我们的时间的女人，让我越想越生气。

在一楼时电梯门快关了，有个刚进写字楼大门的美女眼看电梯快上行，喊了声“请稍等”。紧挨楼层按钮的我，按下了开门键。结果这美女把这一小段路程走出巴黎伸展台的感觉，不疾不徐、风姿绰约地款款走来。电梯门数次要合上，我数次急躁地按开门键等她。

我心里对她翻了个托马斯回旋大白眼，大家都忙着打卡，她就不能走快点儿吗？

好在后来有惊无险地没迟到，但我余怒未消。生气果然是对自己无能的愤怒，毕竟是我一而再再而三地按下开门键，让她有机会浪费大家的时间的。

我身边有不少浪费别人的时间而不自知的人：

久未联系的人托你办事，假熟地寒暄半天才扭捏地提要求。大哥，有事直说，你刚刚磨叽半天的工夫可能已经把这事给办妥了。

东拉西扯的人说个事情，明里暗里的故事线能铺好多条。大姐，为了弄懂你想说啥，我耗尽了提炼主谓宾和缩句的毕生功力。

这类人不把自己的时间当回事，也就不会把别人的时间当回事。像我这种急性子的人与他们过完招，每次内伤伤势都很严重。

后来我从吐槽转为自省——就算别人浪费了我的时间，也是我给他们这个机会的啊。

不行，我得主动扼住别人浪费我的时间的咽喉。

别人肆意浪费你的时间，是因为你有一种“我的时间你做主”的气场。

当我浑身无力、眼皮低垂，一副慵懒的样子时，简直就是行走的开场白，然后就会有人问我：昨晚没睡好？来“大姨妈”了？

当我怒火未平、鼻孔喷气，一脸生气的样子时，完全就是八卦的吸铁石，马上就会有人上来：谁惹到你了？啥事这么气？

你一旦有情绪，就会招惹关注，话匣子一旦打开就会如滚滚长江东逝水般关不上。所以你得先弄清自己到底想发泄倾诉，还是忙于解决问题。

而如果我看到别人正在认真做事，会舍不得搅扰。同理可证，要是我专注地在做某事，我周边肯定也能形成一个闲人勿近的结界。

你有同感没？有人跟上司汇报工作时，陈述现状、引用数据，高效地为上司省时间，到你这里就变成了扯闲篇和唠家常。也许你身上的松散劲散发着一种“我的时间你做主”的气场。

别人浪费你的时间就罢了，你非但不叫停反而全力配合。

有种可怕的病叫“怕人尴尬癌”，有的人心里明明受不了别人的求帮忙或唠叨，但仍面带微笑地点头附和，不拒绝，不打断。唉，自己是个包子，就别怪狗跟着。

你这样会给人传递一种“你很享受此次聊天儿”的信息，更鼓励了他求帮忙的行为，更激发了他唠叨的欲望。

保险推销员给你讲了二十分钟，你问东问西后才说不感兴趣，他也泪奔；饭桌上的吹牛王带你追忆青春年华，你左惊右呼完听上句忘下句，他也泪流。

你配合着他瞎演个什么劲？自己的时间有多值钱，别人不知道，你自己没概念吗？既然要演，你就装忙，就看表，一副“社会主义等我建设”的匆忙感。他神经再粗大、诉说欲再浓烈，也会放过你的。

如果你实在忍无可忍，就说“我很想跟你多聊，但 10 分钟后确实有急事”，既让他有个心理准备不至于突兀，也能给他留个面子。

就算别人正在浪费你的时间，你依然可以开启自主省时模式。

我认识一个高效能女士。她的工作需要接听许多电话，她发现多数主动打电话给她的人，习惯简单介绍一下自己的公司、认识的契机，走个客套的流程。就算每个电话开场仅多耗时半分钟，也架不住走量啊。

后来她与人初次交换号码时，就会备注上对方的公司、职位、姓名和产生交集的缘由。有按着名片号码打电话过来的人，她接听一次后立马补上。这样她接电话时，先说：“某公司的某经理啊，打给我啥事呀？”她因此省下不少寒暄时间。别看一个电话平均节约 25 秒，但架不住走量啊。

她跟我说，自己宁愿回家多听女儿咿呀学语，也不愿把时间浪费在这种事上。

另外有一个同事，曾有过“开会半小时后 PPT 还停在第 3 页上的会议，果断开始做自己的事”的论断。我见过有一次员工大会，总经理又在提我们都能倒背如流的当年勇时，前排靠边的同事开始翻阅重点项目的材料，便仿佛看见他对着浪费自己的时间的人或事点了一键静音。

还有些聪明人，很少与无利益相关的人理论超过 3 句，很少与三观平行的偏激犯谈天说地，很少与不理智的网络喷子争个你死我活。

犯不着因为不能增进共识的对话而跟自己置气，不仅浪费对话时间，事后还得花时间来后悔，你这是何苦？

降低沟通成本从我做起，培养别人珍惜你的时间的习惯。

我大学有个室友，讲话完全抓不住重点，分不清主次，说到配角也要延伸背景介绍，提及琐事也会切换三种时态，听得我们很抓狂。她也意识到自身的问题，让我们帮她改。后来我们一听到她有跑题的征兆就拉回她，有个女生甚至帮她分析总结。后来她进步喜人，说话简洁易懂。

你看，节约自己和别人的时间的好习惯是可以培养的。

浪费时间多数是相互促成的，我看到网上有人说最受不了别人在聊天儿软件上问："在吗？"他隔段时间看到时回："在。"对方又隔段时间问："现在在吗？"他又隔段时间回："现在在了。"二人单单两个来回就已跨越几个小时。

我看着都着急上火，这种沟通成本和情绪代价太高了。

对方问你"在不在"，你直接回复"在，但工作较忙，您有事直说"，这样对方节约你的时间的概率会猛增。如果他的"在吗"和你的"在"总是擦肩而过，你们就约个时间进行电话联系。

你忙碌时看到长语音很烦，不妨温馨提醒对方上班会议多，文字交流更便捷，语音既不方便听也不方便说；你事多时有人问你难以解释明白的问题，不妨委婉地告知对方这个问题曾在知乎或百度上看过，现在有点儿记不清不如自己查一查。

手把手地培养别人达成低成本的沟通方式很必要，事事关己，你不能高高挂起。

此外，没有令人信服的原因，别人迟到、爽约、不在状态，你得让他知道你的原则。正如我的一个客户因乙方迟到几次，单方面取消了合作。

她说："时间就是金钱，有人浪费我的时间，得赔我钱，凭什么我还付他钱？"

不要给别人浪费你的时间的机会，那是对自己的时间的间接浪费。

最后我们再来重温鲁迅的名言："浪费别人的时间等于谋财害命，浪费自己的时间等于慢性自杀。"

真正的好闺密，
首先会让你变漂亮

以前，我听一个女友说过，她和她的女同事 A 曾经相见投缘，相谈甚欢，马上发展成手挽手上厕所、手拉手去逛街的亲密好友。

有段时间，女友感情不顺心里苦闷，可 A 非但没有安慰她，反而处处晒恩爱、秀幸福，今天是老公送礼物，明天是婆婆给煲汤。

女友在落寞中总想证明自己，在猜测中常会臆想别人，用力过猛、思虑过度导致日益面容憔悴且脾气暴躁。

真正让女友失望的是件值得玩味的小事。那年她是公司年会的主持人，事先顾着彩排没空吃饭，实在太饿匆忙吃了个菜包。由于设备故障年会推迟开场，A 还来找她聊天儿叫她别紧张。

她主持到其他同事上台表演才下台休息，有摄像师找人过来

提醒她清理牙齿侧面的菜叶。她照完镜子后顿感崩溃，比在台上出糗更难过的是，A 居然没提醒她。上台前她们可一直在聊天儿，A 不可能没看到啊。

尝到变丑、出丑二合一的女友意识到，如果一段友情给自己的压迫和不爽感远大于亲密和舒心感，更多的是对自己身心的磨损和消耗，自己还不如和对方渐行渐远。

其实，我也分不太清她们之间的纠葛，但如果你的好友让你变丑了，有三种可能：

（1）朋友的原因。

他们或者分寸感很差，经常让你感到尴尬难受；或者错把嘴贱当幽默，把快乐建立在你的痛苦上；或者太以自我为中心，把你当作陪衬自己的绿叶。

更别提他们那些当面一套，背面一套，见不得你好，坏你好事，挖你墙脚的卑劣行为了。

（2）自己的问题。

如果你敏感细腻，善于比较，看到朋友的幸福与成功，不是开启“或许别人的幸福，只是他们想展示给我看的幸福”的自我安慰模式，就是选择“我也不差，凭什么别人有我却没有”的赌气较劲模式，那暗流涌动的内心戏永不会杀青，把对自己无能的愤怒迁怒到好友身上，将活生生把日子过成田忌赛马。

（3）你们都没错，只是不适合。

很多时候，人们只强调恋爱或婚姻对一个女人的样貌上的雕塑，比如恋爱中的毒舌男友会夺走女人眼里的神采，婚姻中的冷漠老公会拖拽女人嘴角的弧度。其实，好朋友对女人的颜值、身材、气质、自信等方面的影响不容小觑。

我大学住宿时就发现了这个道理。当时我和两个室友关系特好，没有互相的营养建议很难三餐清淡，缺乏彼此的鼓励带动很难坚持夜跑，用到好面膜会互换试用，看了好书更会轮流借阅。

相处时间久了，我感觉从肤质到发质，从体质到气质，我们仨都有不同程度的正向改善，甚至惊动了荷尔蒙，我们后来连经期周期都趋于同步。

有时候也不知是人以群分，还是聚在一起的人相互影响变得类似。喜欢聚在一起互相帮扶、提升自己的小团体越来越容光焕发，而喜欢聚在一起说人坏话、搬弄是非的小圈子则会越来越面目狰狞。

身边的好友，已经变成了我们的环境成分，对我们产生了肉眼可见的交互影响。

以个人 30 年的临床经验，我发现能让人变漂亮的好朋友都有这些特质：

（1）他们本身就有变好的上进心、好奇心和执行力，为人豁达，处事乐观，姿态昂扬，内心坦荡，崇尚健康美好的生活方式，而且形成了作用于你的磁场。

（2）他们是你穿衣打扮时的影子内阁，是你情绪沮丧时的转换设备，是你自乱阵脚时的定海神针。在你当局者迷的时候，他们宁可说真心话，也不让你大冒险。

（3）你们能不卑不亢地相处，在一起时你会表情舒展，朋友会真诚地用你乐于接受的方式对你好，急你所急，忧你所忧，为你的成绩真诚欢呼欣慰，不是“希望你过得好，但是不希望你过得比我好”那种伪朋友款式。

大家的颜值和健康都来之不易，不要和让你变丑的“好朋友”在一起，你也别让在一起的好朋友变丑。

如何远程做父母的
贴心小棉袄？

我身边多数朋友离家很远，一年到头与父母见面的机会少得可怜，关爱既是盔甲又是软肋的爸妈，不能只是在他们的生日和父亲节或母亲节这几个法定晒孝日表现，功夫更在日常行为上体现。

煽情肉麻的话，我留着私下跟爸妈讲。这次我专门携干货而来，以小见大且开门见山地分享一下：如何远程做父母的贴心小棉袄？

再忙也要每天给爸妈打个高质量的电话。

据我所知，我爸妈那个朋友圈子里头，最霸气的“炫耀”就是：我孩子天天给家打电话！

我曾目睹过一个叔叔说这话时的表情，眼里流光溢彩，嘴角嘚瑟地上扬。其实对我们来说，每天打个电话回家，这有何难？但也有一些注意事项：

（1）重视与父母通电话的品质，主动打电话给他们，跟父母讲话尽量停下手头在做的事情，提醒他们听到铃声不必动作猛烈地跑去接听。

有一次我在加班，我妈打来电话。我一边回复邮件，一边通过耳机“嗯嗯啊啊”地敷衍应答着。坐我前面的中年同事转过身来，严肃脸 + 低音炮地对我半训半劝，让我珍惜能和亲人说话的福分。我看了一眼他左臂上的孝牌，顿时喉咙一紧，只得脸红地点头。

（2）聊天儿内容得有细节、有新意、有爱意，互相之间不要局限于吃了吗、早点儿睡、多喝水之类的常见问题，要通过通话营造出一种参与彼此生活的同步感。

比如我周末做饭前最爱给老爸致电，问他削山药时手发痒怎么办？上次在家那道熘猪肝是怎么做的？最近的新菜式传授一下呗？一来透露我能照顾好肠胃的信息，让爸妈放心的同时又隐含着需要他们的意思；二来能重温在一起的温馨感，分享在异地的生活，建立更多的情感连接点。

（3）多报喜少报忧，你若总唉声叹气地传递消极信息，负面情绪隔着电话线会被无限放大，惹得爸妈关心则乱却因鞭长莫及只得干着急。

我一般自行消化完坏情绪，再心情愉悦地给爸妈打电话，说些生活、工作、感情上的小喜事，像是被领导表扬了两句、工资涨了几百、与配偶相处时的趣事之类的，让他们知道手机这头的我过得安好喜乐，让他们看到我的来电显示就眉眼舒展。

轮到我们教爸妈玩转这个新奇有趣的世界了。

有时候在电话中，听爸妈说起同单位的年轻人帮他们新装个手机 App，或者家里亲友的孩子教他们使用电脑功能，我心里既感激又惭愧。

我能做的除了当面或远程时耐心地教爸妈学用新玩意儿之外，还有当自己周围有与父母年纪相仿的人面露难色时，热心帮忙。

我们部门有位临近退休的同事对我们习以为常的工具用起来略显吃力，不会将身份证正反面复印在一页纸上，微信表情库已满添加不了新表情。如果他问到我，我就细致地一步一步演示给他看，正如有位年轻人在远处帮着我爸妈那样，这算不算“遥远的相似性”？

我列了一个不完全清单：在家帮爸妈把手机和电脑的字体设置到他们觉得舒服的大小和颜色，主动帮着杀毒和优化系统，提高运行速度；更新一下听歌软件里的歌单，下载几个爱玩的单机小游戏，做好语音聊天儿和视频聊天儿的疑难小答疑；操作时温柔耐心地放慢节奏，尽量使用接地气的简单表述以及一键式的操作方式。

我以前有个室友，她爸妈从小城来深圳旅游时，她手把手地教爸妈怎样使用地铁自助售票机买票，怎么在地铁站换乘，怎么看公交车站牌不会坐反。我被几个暖心细节暖到心都化掉。

世界瞬息变化的今天，连我们自己都有过期感，更别提老人的过时感。

但现在轮到我们教爸妈玩转这个新奇有趣的世界了。

为爸妈做一些力所能及的事情。

上次婚假我回家，看到家里的茶几上有我妈同一药名但不同包装的药，当时用手机拍了照，回到我的工作所在地后去药店咨询。店员跟我说两种包装的药都治高血脂，一种是合资的，价格高但副作用小，另一种是国产的，价格低但副作用稍大。我跟我妈确认这种降脂药需长期服用后，我几乎刷爆医保卡买了那款副作用稍小的药。

说起“我们奋斗的速度要赶超父母老去的速度”这句话，很多人热血翻涌：赶紧赚钱吧，带他们去旅游，给他们买好的东西。但我们也不能顾着赚钱，忽略了爸妈当下的生活和感受，应该为他们做一些力所能及的事情。

指出父母在朋友圈发的养生文章中不对的地方，他们当然不相信你，你得找到更权威的资料给他们看；朋友圈不必屏蔽他们，多建立一些亲友群，发些小视频和红包，收集符合他们的审美的表情包与他们互动；我已经拦不住爸妈买保健品了，但现在哄着他们，每购入新药把防伪码抠掉拍照给我验证；旅行时、逛淘宝时、逛街时，看到适合父母的东西就赶紧下单吧，类似防滑鞋子、浴室扶手、有声读物等，他们嘴上老说浪费钱，其实心里暗自欣慰……

大家都深知人生的规律，距与爸妈还能明晰地谈论以往、并肩而行的年数屈指可数。我最受不了那些算完“假设爸妈活到100岁我还能见他们几次”的公式，每逢佳节就自发性感叹“太阳啊，请晒黑爸妈的头发”，把自己感动后却没有真正为父母付出一些物质或情感的人。

父母确实不奢望你为他们做什么，但你千万别真的什么也不为他们做。

既然拖延症
治不好……

我身边出没着各种同类：同学 A，仅剩一个月就答辩了，论文只是简单地开了个题；朋友 B，驾照只考了科目一，然后活生生地拖到过期；同事 C ～ Z，执行工作时东拉西扯、东搞西搞、东张西望，时间进度条过去七八成后，以哭着也要把事做完的状态赶在最后期限前五分钟交差。

网友常被我早睡早起、颇为高产的样子所蒙蔽，问我："难道就没有拖延症吗？"

有！我的拖延症与生俱来。我妈说我足月了还在她的肚子里拖了几天。还有我干吗早起？初衷是我晚上磨蹭，次日不得不早起收拾烂摊子。

我早就意识到，在我理性决策的大脑旁，有只鼓吹要及时行乐的猴子。因不想被这只猴子搞得事态失控，于是我此后的人生大多是在“既然拖延症治不好”这个基础上想办法的。

我现在也还会拖延，但工作上的任务总能及时搞定，业余写稿时也没拖过稿。我可以恬不知耻地说，我的半条腿已经步入拖延症的高级状态——我瞎掰了个名词——叫作“可持续拖延症”，不误己、不误人、不误事。

如果你也像我一样，对拖延症宣战无数次仍败下阵来，那我的经验可能对你有用。

不择手段地掌握快捷方式。

刚工作时，我最烦月底把几十份文档汇总成一个总文档的任务。机械化的复制粘贴、相似页面的来回切换工作，技术含量低，还伤精费神。来了新同事后，我终于可以将这任务交接出去了，差点儿热泪盈眶。

该同事一看就是拖延症晚期患者。文档汇总后第二天就得上报，他还在悠闲地刷网页、玩手游，我都替他着急。我提醒他这活儿看着容易做着耗时，他说他百度了方法，分分钟搞定。

我强烈要求他分分钟搞定给我看。他演示了一遍流程：新建一个 Word/ 插入 / 文本 / 对象 / 文件中的文字 / 选中需汇总的文档，几十份文档瞬间汇总，全选后调整格式，两分钟内搞定这工作。

我内心在咆哮，office 用得好，下班回家早。以前我做了那么多无用功真的太亏了。现在我会定期去搜新的软件、App、工具，或者去请教身边的效率达人。

主动怀疑工作中的默认选项，提前寻找更优方案，我相信很多比我懒的人比我聪明。

没经验且很重要的事不能拖。

作为一名有节操的拖延症患者，我有所拖，有所不拖。

以我的经验来说，那些重复多遍、流程常规、发展定型、不出幺蛾子且在拖延期间心里泰然自若的事情，才具备启动拖延程序的条件。如果对一个新任务心里没底，经验不足，可能给上游下游的人添麻烦这样的事，你得及早着手做，千万不能拖。

人之所以拖延，原因之一是想延长美好悠闲的时光，如果其间忐忑不安、备受煎熬、焦虑内疚，那还是挽起袖子开工吧。

我曾试过几次拖到不能再拖的情况下才开始做一件我并不熟悉的事情，结果手忙脚乱到差点儿内分泌失调。为了避免我的心脏承受太多这种千钧一发的时刻而心肌梗死，我决定事前评估，然后再量体裁衣地进行拖延。

还有那种迟早得做，且后做比先做代价高太多的事，我会尽量不拖。就拿洗碗来说，我会饭后马上洗，不然拖到油脂凝固、菜渣牢固时，又得用热水泡，又得用力擦，拖得越久付出的代价越高。

先把全神贯注的专注力练出来。

重要的事情，你专心做比说三遍重要多了。

门户网站的标题突然跳出来夺人眼球，手机上各种软件的提示声分散注意力，常让我专注力低下。

当任务的进度条已过四分之三，而我还毫无成果时，便会开启高度专注模式，毫不犹豫地把不相干的软件关掉，将手机调成飞行模式，做几个腹式呼吸，一副要上山闭关修炼的架势。

混合了一点儿紧迫感、兴奋感的我，调动起所有的注意力，打字速度变快，思维脉络清晰，主观隔绝世事，会有如神助般完成任务。

确实有人越到紧要关头越灵感迸发，像是马丁·路德·金，在发表他生命中最伟大的演讲前夜，凌晨三点起来重新写稿，直到最后才想出改变历史的“I have a dream（我有一个梦想）”这四个英文单词。

但如果你是那种“时间充裕时拖拖拉拉，时间紧迫时因忙出错”的人，以你的道行，还不配得拖延症。在把紧迫阶段超常发挥的本事练出来之前，你应尽早动手，避免误人误己误团队。

在拖延中完成一轮又一轮的思考。

据说达·芬奇花了16年时间断断续续地完成了名作《蒙娜丽莎》，拍《肖申克的救赎》的导演弗兰克·德拉邦特原先想拍同样出自史蒂芬·金的《迷雾》。

你能说中途跑去学光学的达·芬奇和不先拍《迷雾》的弗兰克·德拉邦特有拖延症吗？

达·芬奇边画画边研究光学，把改良后的描绘光亮的方法加到了《蒙娜丽莎》的创作中去；而弗兰克·德拉邦特觉得当时的科技拍不出《迷雾》里他想要的效果，在拍其他电影时也在暗自积攒着特效技术。

有时候他们看似在拖延，其实是在做准备，从没忘记初心，潜意识里觉得时机不成熟，在持续酝酿、思考、创新。

拿我写文章来说，我选定一个选题后，还是会没心没肺地先玩一会儿，而且在玩的过程中，有时间去发散思维，有了灵感就拿笔记下。

我发现自己大量好的创意是来自拖延期间，这样写出来的文章比早早完成的质量要好。

广义上来说，人人都有拖延症。就算工作上执行力强的人，可能在陪伴家人方面也是个拖延鬼。

在我看来，我们的一生中除了那些有确定截止日期的事情之外，还有很多事根本没有一个明确的最后期限，像是放松休闲、锻炼身体、维系感情等，所以不必对拖延症苛责太多。

既然自己的拖延症治不好，我们不妨换个思路，将其升级成可持续拖延症，从边路进攻。

马克·吐温说过："后天能做的事，就别赶着明天做了。"当然这是有条件的，你要么有"自己的五分钟等于别人的两小时"的运行速度，要么有"泰山崩于前而色不变"的心理素质，要么有"一切尽在我的掌握中"的驾驭能力。

总之，拖延症是有入门门槛的，没有金刚钻，你就别得拖延症。

第四章

你期待的未来，其实并不遥远

理什么财，
你自己就是最好的财

你还热爱生活吗？买个 P2P 试试。2016 年的愚人节，我多希望“E 生财富”这个 P2P 平台的兑付困难只是跟我开了个玩笑。我家在该理财平台上投资了十万元，忽然间看着无法提现的页面，我和我配偶强咬着后槽牙，压抑着焦灼感，速速展开分析：第一，投资有风险，当时对高利率心动，现在就得对高风险心痛，好在鸡蛋没有全部放在一个篮子里，目前的经济损失尚未到拉低生活质量的田地；第二，心疼和悔恨总是难免的，可我们不能太沉湎于负面情绪中，应该吸取经验教训，吃一堑长十智，想法子让散尽的千金还复来，不要再往里加注沉没成本。

我们生活如故，正常上班，业余充电，但是密切留意着事态进展，决定一旦立案就寄送材料去报案。

我配偶加入了一个同病相怜的投资者的微信群，群里投了几

十万上百万元的大有人在。自从平台暂停运营后，不少人辞去老家的工作，举家搬至深圳福田，租房子，拉横幅，要报案。我感觉他们的整个生活连本带息全被“E生财富”吸走了。

就连我俩这么拿得起放得下的潇洒担当，也深感这次理财的各个阶段都在吞噬我们的精力，让人乍惊乍喜，患得患失。

没出事之前，看到相关风险预警，钱又取不出来，我们只能干着急；一天天过去，欣喜地看着可观的利息数目，还是有着一丝侥幸心理；愚人节那天，听说平台已经无法提现，突如其来的噩耗让我们心好痛；听说平台的老板已被公安局的人带走，我们又祈祷资金还没流失；老板父子的狗血家庭连环骗局让人云里雾里，我们觉得追回本金日益渺茫；公司又承诺有其他大项目兜底，将垫付每个投资者的本息，我们在失望中又生出一丝希望，反反复复无穷匮也。

当初我们为了10%以上的年收益，换来了现在100%以上的大麻烦。关于这次理财，就算结果是万幸万幸万万幸，我们最后能拿到本息，还真不是一句“虚惊一场”能概括的。不管怎样，这是一次极端劣质的理财，尤其是它前前后后大口吃掉了我们宝贵的时间、精力以及平静的心情。

原本我也不想因为自己被猪油蒙了心、被鬼遮了眼的失败体验，就狭隘地一棒子把理财打死，但在目睹我那漂亮女友炒股过程中的显著亏损和隐形代价后，权衡再三还是把理财拖拽到了黑名单里。

股市向好时，女友不想错过资产重新配置的财富洗牌，结果把自己的资产顺利地配置给了别人。

炒股期间她差点儿走火入魔，生活将就，心情随机，业绩下跌，人际关系失守，根本无心捯饬自己，时刻捧着手机看大盘，热衷各种内幕消息，用她的话说就是，每个工作日的上午九点到下午三点都心悬一线。

她赔完积蓄后被动戒股，事后冷静下来进行自省，死活想不通当时怎么会把本该绽放在花花绿绿的裙子中的时间，消磨在花花绿绿的 K 线中。

她说最大的收获就是，发现自己不是炒股的料。真正的炒股高手视股票为一种储存优质资产的长期储蓄，想着短时间内迅速积累资本的人多半凶多吉少。而最令她扼腕的是，每天盯着股票涨涨跌跌，买进卖出，被股票消耗的还有寸金难买寸光阴的宝贵时间。

我觉得非投资领域的年轻业余散户，就算丢得起那个钱，也丢不起那个时间。对我们来说，最好的价值投资标的不是 A 股，而是自己。

我见过把才华、技能、眼界、本金投资在身上的年轻人，都稳赚不赔地加固了自己。

我有位超合得来的朋友，他热爱并擅长画画，机缘巧合下开始在网上接单，利用业余时间作画。我们聊到理财时他完全无视，但平时节俭的他对入手电脑画板、触控笔、专业书籍等出手阔绰。最让我吃惊的是他有一天跟我说要辞职，拿着已有的积蓄去首都学画画。

这厮够有种，去年毕业后他来找我玩，完全华丽转行，如今收入暴增，眼里一路火花带闪电，让我暗自感慨自我投资才是真正零风险高收益稳赚不赔的理财产品。

另外一位女同事几年前买的基金被套牢，捶胸顿足后决定做一个体面的长线持有人，早把套进去的钱视为泼出去的水，挽起袖子誓在工作上拔地而起。她特向经理申请从行政部门调到市场部门，把以前研究基金的时间拨到了钻业务、泡论坛、做功课、谈客户上。她努力的样子使她成为我方圆五十米内的鸡血姐，与日俱增的提成早已把购买基金的财务窟窿堵住。

有一天我与她闲聊，提起最近市场不错，问起她那些基金的近况，发现心大的她居然都忘了曾经买过基金这回事。当晚我看到她洒脱地发了条朋友圈：“恰逢牛市，解套离场。”

总有人在花式理财的海洋中输赢起伏，赚赔升沉，但输赢赚赔不仅限于金钱层面，还有不可挽回的时间消耗、此消彼长的精力、逾期不候的陪伴，以及埋下窟窿的成长。

理财是个变数，理己才是常数。假若你投资自身潜力小于投资理财产品，不管从哪个角度看，都亏大了。

心无旁骛地提升自己的人，年收益率不知是 10% 的多少倍。理什么财？你就是最好的财！

一万小时定律
唯一失效的领域是爱情啊

爱情里根本没有“多劳多得，按需分配”这一说。

耳熟能详的一万小时定律是这么说的：“任何领域的世界级水平都需要起码一万小时的训练，人的大脑好像必须花费那么长的时间去消化理解，技能才能达到极其精通的水平。”

业绩的提升、知识的整合、能力的积淀、皮囊的修炼、气质的养成……你把时间花在哪里，成就出现在那里的概率就更大。

但令人遗憾的是，爱情对一万小时定律是个否定项。

如果爱情也有投入产出比这一说法的话，它像是一个开口朝下的抛物线，起始阶段的付出能让感情更甜蜜温馨，到了顶点之后，一边一厢情愿地自我放弃，一边加大剂量地牺牲给予，不仅给对方沉重的压力，也容易使自己求而不得，在自怨自艾中坠落进断崖式的深渊。

女人一旦动情，心情曲折缠绵，想念中带着怨嗔，甜蜜里不乏苦恼，沉浸在热恋中的女人当然有权利忘乎所以一阵子，但是当多巴胺和动情激素分泌得差不多了，也得像男人般赶紧回到现实里。毕竟有难题等你去闯关，更有梦想等你去实现。

迷信“有爱者事竟成”的姑娘们，从小被琼瑶、韩剧和花式霸道总裁小说洗脑，认为没有爱情就活不下去，至少活得不好，于是无意识地消磨时间，却还要感叹人生苦短，结果被沉没成本套牢。

看她们滥用时间连我都无比心疼。我多想劝几句，她们有在微信上拿捏分寸地多次撤销输入的时间，不如研究一下 office 办公软件的高级操作技巧；有边摘花瓣边数他爱不爱自己的精力，不如内外兼修地强行吸引他主动表白；有在日记本里写“书桓走的第三天，想他想他想他”的工夫，不如转移注意力搞定难题后等他回来愉快地玩耍。

更有一种等待爱情救赎的重症患者，坚信只要在自己浓缩的青春里找到一个瑞士军刀般的万能老公，所有生活困境就迎刃而解了。到时候房产证加她的名，赠她信用卡的附属卡，上交工资卡还不藏私房钱，所有困难都可以外包给他，他永远做她坏脾气的回收站。天哪，长得多美的人才敢想这么美？！

于是这类人为了爱情搁置一切，把自己人生的基础设施糊弄成豆腐渣工程。

就像俄罗斯方块那个游戏，把自己一切漏洞百出的麻烦事整齐地码好，等着爱情这根直条出来拯救你于水火，殊不知有朝一日就算直条真的来了，你也早已身陷债台高筑的烦恼里，任凭谁来都无力回天。

在爱情赢家们看来，爱情更像是一幅画而不是一首歌，因为人生的房间里除了挂着爱情这幅画，还可以同时摆放事业、兴趣、朋友、旅行等不同的画作。但如果爱情是一首歌，那么房间里就只能放这首歌曲，同时播放其他歌曲就会两败俱伤。

爱情和其他重要事项是并联关系，而不是串联关系。

被爱情温柔以待的女人们，在感情发展的不同阶段都更倾向于：

1. 爱之前，优化自我

每次被别人催促“个人问题得抓紧”时，她们从不认为自己爱不爱、结不结婚是个“问题”需要被解决。她们有太多男人以外的精彩事情，健身以巩固身体硬件，阅读以强化身体软件，有几个懂自己的好友，渴望着新鲜的知识，忙着自己的“光合作用”，提升应对苟且的技能，将心中的一角预留给诗和远方。

2. 爱之中，保持自我

她们具备“己本位”的意识，爱情与保持自我、发展自我之间并不矛盾，甚至有助于探索丰富内心，挖掘性格亮点。人生是个比例动态调整的过程，有茶不思饭不想的时候，大家也别忘接下来还有责任和自由，对伴侣，相互扶持大于单向依赖，避免自己成为失重状态下的浮游生物。

3. 爱之后，重生自我

失恋不失志，失婚不失势，爱情还能让她们热泪盈眶，重拾初心；生活永远让她们血脉偾张，永葆青春。她们懒得与自己斗、与前任斗，斗得血雨腥风，反而打开任督二脉，迎来人生另一股上升气流。比如阿黛尔失恋后让全世界陪她一起哭，独揽格莱美六座奖杯；小霉霉恋情结束后的自剖情事，引无数媒体竞折腰。

爱情之所以打动人，是因为它唤醒了自我完善的需要，而自我完善离不开自己的时间和精力的隆重资助。

拿着这一万小时单独在爱情及其衍生物里望闻问切多没劲？生命中还有更广阔、更有趣味的世界等着你去虔诚尊重呢。

你所谓的优越感，与别人无关

我一直受不了“仗着自己的优越感而干涉别人”的行为。

电视剧《欢乐颂》中有个情节让我印象深刻，曲筱绡仗着自己看不惯樊胜美的优越感，眼神轻蔑，冷嘲热讽，乐于看人出丑，多次造成惨案。其实社会上那些“我拿青春赌明天”的人确实不招人待见，但我在看电视的时候，丝毫不觉得曲筱绡替观众出了一口恶气。恰好相反，我对她的行为严重反感，甚至感到恐慌。

剧中精英女安迪抛出了金句：“我们心里可以有不同的见解，但是没有权利对别人扔石头。没有人是完美的，对方有罪，你又何尝无辜？与其站在道德制高点去苛责别人，不如先要求自己。”在我心中，这部剧的质感因这几句台词而拔高许多。

我欣赏安迪的看法和处理方式：理性判断是非，尊重不同见解，全程保持善意，不瞎传播，不泼脏水，不扔石头，给自己和别人多一些耐心。

1. 没有调查和思考，就没有发言权

陈凯歌有部电影叫《搜索》，改编自入围“鲁迅文学奖”的小说《请你原谅我》，影片里有个情节在我脑袋里挥之不去：高圆圆饰演的叶蓝秋在医院被确诊患淋巴癌后，心灰意懒地上了一辆公交车。沉浸在惊愕与恐惧中的她，拒绝给车上的老大爷让座，并因一时的气话“要坐坐这儿（自己的大腿）”，招致车上乘客非议。这场景被记者用手机拍下，经层层恶意放大和失控扩散后，引发一场惨烈的全民人肉搜索。叶蓝秋在被集体讨伐道德沦丧中走完了人生的最后时光。

我在电影院看完哭完后深深感慨：我们眼睛看到的、耳朵听到的事情，有时候并不全面。叶蓝秋那句话确实不雅，但当时的人从未深究她说出此话的原因。不明真相的大众，被信息牵着鼻子，发泄着情绪，自以为正义，联手把一场因病死亡催化成谋杀。一个生命终结后，对每一个参与者，让当事人怎么原谅？

就连只有 90 分钟的侦探片都是在排除各种假象，逐层解开谜团，答案才在抽丝剥茧中渐渐明朗，而生活中的事情与人物关系更为复杂，凭什么你听熟人的一面之词，看网友的置顶批评，靠标签化的既有印象，就不分青红皂白地抄起家伙攻击人？

职场风光的漂亮女性未必就是靠领导上位，衣物昂贵的年轻美女可能通过创业成为富人，平时不怎么用功的学生考出高分也不一定就是作弊。

尊重事情的真相是前提，大家不要放任自己的偏见，对别人黑之而后快；不要在别人的故事里，成为一名主观的参与者。

2. 请不要用别人的难堪来补贴自己的优越感

我大学时有一个暑假没有回家，留在大学所在的城市又报日语班又做兼职，与一个大我两届的本地校友在校外合租房子。校友一来为了逃离父母的催婚，二来想找个地方专心复习考研。

我俩刚住一起没多久，我听说她妈周末过来我们租的房子里，帮我们炖汤做饭、收拾屋子，原本还挺期待吃顿家常菜的，可她妈给我涂上了满屏的心理阴影面积。

校友在房间里看书，她妈在厨房里择菜，我在客厅里拖地，她妈与我自然而然地聊起天儿来。摸清我的基本情况后，她妈自动开启了提问模式："还是独生子女呢，你爸妈怎么舍得让你来这么远的地方上学？好不容易放一回假，你父母也不想你吗？我们舍不得让女儿做家务，你在家也打扫卫生吗？我家女儿早就被我和她爸惯坏了，你平时能多照顾一下她吗？我们打算为女儿买套房子，你说没个住处爹妈不得心疼死呀？"

天哪，我什么时候就成爹不疼娘不要的苦命丫鬟了？不是只有您给您女儿的爱才叫爱，您也不见得就比我父母更会培养子女。别以自家为模板，一刀切地看轻别人，不清楚事情原委，不注重说话方式，不顾及别人的感受，您浓厚的家庭优越感能不能收敛一下？

每一个人的经历和立场都有别人无法感受知晓的部分，你无法代替别人去过他们的生活，不能了解表面无奈背后的难处，不会懂得你伸手即得的日常是别人踏破铁鞋也觅不到的梦想。所以，你没有资格对别人指手画脚。

仗着优越感俯视别人的人在生活中经常碰见，甚至习以为常，常在网上码文的自己也应当常怀律己之心。

我认为能自省并警惕是个很好的态度，正如蔡康永在《奇葩说》中的告诫："每个人有每个人的审美观，每个人有每个人的成长历程，我们每赞叹一件事情，恐怕也就同时伤害了那些被忽视的人。"

3. 停止使用既能发泄愤怒又能保全自己的双重标准

谁都不是圣人，如果你真能用同一原则来对人待己，我也敬重你。但我发现很多人有双重标准：向别人的错误扔石头时喊爽，自己的不足被人扔时喊痛。你怎么不将心比心地想一想，你扔别人时人家也在流血？

我认识一个女伴，当她看到六十好几的婚纱女王王薇薇和小她 36 岁的奥运花样滑冰冠军莱萨切克拍拖时，心里对婚纱女王的崇拜之情溢于言表，满心羡慕。

可当她听说 40 多岁的伊能静与小她 10 岁的秦昊的婚讯时，我听到她说了不少女人老后男人出轨之类难听且粗糙的恶意评论和人身攻击，甚至看到她在微博上 @ 伊、秦二人对他们的婚姻消极地唱衰。

她看待国内外的姐弟恋是如此不同，用一句王小波老师品评作品的话说："对外国人的作品，用艺术或科学的标准来审评，而对中国人的作品，则用道德标准来审评。"两者异曲同工。

这位女伴的故事还有一个欧·亨利小说式的结尾，当她被小她几岁的男生追求时，明明喜欢却不敢答应，生怕被周围的人议论。

貌似此时你占领了道德高地，殊不知山水轮流转，当自身沦落到道德洼地后，照样希望别人对你满怀善意吧。

所以，客观地看待事情，理性地发表看法，得体地给出建议，如果你做不到，至少可以宽容一些。

或许有这种情况，当你遇到一个来者不善的人时，他们很有可能在遇见你之前就已经碰到许多糟糕至极的事情了。

女为悦己者容？
不！女为悦己而容

我看到网上有种说法，相亲当然得男士付钱，因为美女自带烧钱属性，更何况美女还为你又洗头又打扮又搭配，男士好意思跟女士玩 AA 制吗？

我细想觉得这不太对劲。拿我来说，就算不去相亲或约会，而是和女友简单吃个饭，甚至自己出门或在家，也会又洗头又打扮又搭配。我是那种秉持“女为悦己而容”而非“女为悦己者容”的人，不会把自己打扮的经费算在别人头上。

我不主张女人仅为悦己者容，为狭义上的特定人士而容，大多吃力不讨好。女人得弄清男友的品位，迎合老公的审美，忍受“容”不由衷的违心。

女人干吗委屈自己去填他的喜好的无底洞？干吗总让他的认同优先于自己的倾向？他希望你是什么样子，你就打扮成什么样子，说不定到头来弄巧成拙，塑造了一个犹疑、扭捏、不自然的自己。

为广义上的大多数人而容，你也无法讨好所有人。有人认为效仿范本或听从专家的建议就能符合大众审美，于是将明星发型移到自己头上，看到网红爆款就果断下单，对美妆达人的妆容照搬不误，可是以上这些东西到底适不适合自己？

别再说时尚人士术业有专攻，就算他们更懂潮流趋势，更懂款式设计，更懂色彩搭配，但绝对不是更懂你，只有你才知道取悦自己的正确方式。

有项“为悦己而容”的权限，为什么你要搁置起来不开通？当你在满足对人基本尊重的前提下，按照内心的意志来打扮自己，那种神采飞扬、自信潇洒的气场反而更加吸引人，而且吸引的都是欣赏你的真实特质的人。

有个著名设计师曾狠狠夸过法国女人：“每一个法国女人穿时装都是为了取悦自己的身体，与流行趋势无关。”尽管那是一个引领潮流的国度。

有时候看女明星从当年的雷人造型进化成为如今的衣品风向标，得到时装编辑的五星好评的同时，我严重怀疑明星本人是否喜爱并享受身上的衣着。毕竟外人只在乎你好不好看，没人在意你穿得舒不舒服、你自己认不认同这身行头。

相反，我现在开始佩服徐濠萦。不管媒体怎么嘲讽或恶搞她的时尚品位，她始终一如既往地坚持着，不迎合，也不顺从。我渐渐从她那些凉鞋配短袜、刺激感官的撞色和夸张丝袜中感受到了参差多态之美。

她从职业买手到时装杂志和时装店的创始人，再到潮流设计师，亲身演绎着对时尚的感知，执着地走着自己的路线，后来还被业界教父卡尔·拉格斐赞赏："You look so chic（你看起来很时髦）！"

可能有人会出来阻挡你为悦己而容，女人结婚生子后穿得鲜艳点儿会被指不安分守己，化个彩妆也被说长了一张不知检点的脸。可有些女人真的很酷，对闲杂人等的意见一律屏蔽，坚持自我审美自治权，用自己喜欢的方式取悦自己的意识和身体。

懒得"容"，何以"悦己"？这个道理我在节假期间宅在家里时感触最深。如果起床后不洗脸、没刷牙无精打采地窝在家里，刘海儿油成条状连自己都嫌弃，深色宽松的衣服也会让我垂头丧气，这一天注定会像个被我咬了一口就想扔掉的烂水果。

而扭转乾坤的妙招儿就是对着镜子好好打扮自己一番，在舒缓音乐的陪伴下，敷个保湿面膜，梳个好看的发型，换掉松垮的睡衣，赏赐自己一个货真价实的微笑，你才能确保这一天的情绪和状态扭亏为盈。

外表的优美能柔和心中的尖锐和焦躁，当你在"容"颜的同时也在"悦"心。当你心情好之后，容貌更会发光，这仿佛打开了内心与皮囊互通的暗门。

“女为悦己而容”里面的“容”，不只是简单的服饰搭配、皮肤保养、妆容打扮、注重仪表等，还是通过外在仪式感的构筑，让内心获得自我接纳与肯定的满足感。

琼瑶说她每天在家里写小说时都会打扮得整整齐齐的，一写就是一天。有一天她发现自己没化妆，结果那一天状态欠佳没能写下去。所以读者仅通过阅读琼瑶的小说，就会感觉一股细腻温婉的女子气息扑面而来。

堂弟林宣爆料，其姐林徽因写诗常在晚上，还要点上一炷清香，插一瓶插花，穿一袭白绸睡袍，面对庭中一池荷叶，在飘飘清风中酿制佳作。她还自恋地补了一句：“我要是个男的，看一眼就会晕倒。”

别人不必知道这些小小仪式感对你的深重意味，甚至你的一番意趣在别人眼中或许有无病呻吟或矫情做作之嫌，但隶属于自己的此时此刻的美好，不足为外人道也。

别人悦不悦，取决于别人，是个变量；而自己悦不悦，取决于自己，是个常数。变量难求，常数易得。

我打扮一番，并不是为了获得垂青，因为与今天的蓝天白云相得益彰；我穿上新衣，并不是为了赚回头率，只是此时此刻阳光正好微风不燥；我为己而容，并不是为了取悦他人，我的心情远比别人的看法更重要。

女不为悦己者容，要为悦己而容。我悦着自己，别人爱悦不悦。

看不惯你那
“得男人者得天下”的样子

前同事组了个饭局，我们以前同部门的几个姑娘自发聚在一桌，兴高采烈地聊着后来的境遇。

大家聊着聊着，话题聚焦到当时的业务大鳄 L 身上。她销售能力杰出，职场礼仪出彩。我还记得主要负责中东市场的她，开创性地拿下了当时处于战乱中的阿富汗的订单，仅凭此单的提成交个房子首付不成问题。

在场的一个姑娘说L辞职创业了，办公室后来搬到国贸附近，社交软件的照片像极了商务英语教材中的插图，招人广告出没在网页的“名企招聘”区里。

这时一个煞风景的声音突然冒出：“L 还没结婚吧，她也三十好几了吧？不嫁个好男人，事业再好也白搭。这女人哪，男人才是一生的归宿。”

说这话的女人，听说早已赋闲在家。她无视附和者寥寥的局面，故作无心地摆弄着无名指上的钻戒，然后趾高气扬地夸她老公多有能耐。

自己不去想怎样挣得属于自己的天下，这人却天真地以为得个男人就得到天下。天哪，我真看不惯她那“得男人者得天下”的样子！

别以为现代女性早就不吃“得男人者得天下”那套封建后宫思维，其实有这种思想的女人不在少数。

在她们眼中，男人有治病疗效，“肚子会痛经？结婚就好了”；男人能授人以渔，“不会做家务？嫁个男人就会了”；男人是株摇钱树，“嫁个有钱男人，然后妻凭夫贵”；男人是颗转运珠，“好的婚姻，是女人的第二次投胎”。连男人自己都万万没想到，他们居然可以那么万能。

有一类女性，刚开始也是深挖自我、锐意进取，自强不息地通过学习和事业来实现阶级跃层。可她们的出发点和落脚点，居然是仅想结识权贵圈子里的异性，凭借婚姻来改变人生。

她们的出发点是那样我想得通，但对落脚点还是那样就感到纳闷了。难道她们在深挖自我、锐意进取的进程中，就没有发现另一个比“得男人”更闪耀、更广袤的天下吗？

我见过女网友在社交平台的个性签名，“女人的才智有两种用途，不是辅助你的男人，就是忘记这个男人”；我读过女写手引用所谓的经典语录，“男人通过征服世界征服女人，女人通过征服男人征服世界”。

这样的人张口闭口都是男人，自以为在口吐金句，实则惹人口吐鲜血。我觉得一个女人的悲哀在于，误把长久进化来的才智拿去大材小用还沾沾自喜；误把征服一个征服世界的男人，当成自我价值的最终实现。

据我分析，有着“得男人者得天下”这种思想的人，一般出于两个原因：

1. 假装自信的自卑，这是一种精神上的狐假虎威

她们也羡慕财务自由、生活缤纷和事业成功的出彩女性，但明知自己缺乏能力或者本性懒散，无法通过自身奋斗获得别人那样的精彩生活，好在自己的老公现成的奋斗果实可以拿来撑场面。

她们掩饰自己“手低”的最佳策略，就是装作“眼高”地暗讽事业型女人，摆在台面上的特质都无法攻击，只能瞄准没结婚或婚姻不幸这个命门下手，隐约中流露出一种“你们还得亲自上阵打拼，我可是得来全不费工夫”的优越感。

2. 就近一致的无知，这是一种世界观的去芜存菁

事业忙碌的女人没空通过闲言碎语来传播自己的观点，只有闲着没事干的妇女有大把时间讲家长里短。听得多了，懒得思考和缺乏体验的女人倾向于把天天听到的鸡毛蒜皮的事当人生常态。

身边闲人不懂得事业给女人的能量，坐在一角冷笑道：干那么好干吗？嫁得好不就行了；年长亲戚不懂得兴趣对女人的滋补，站在一边干着急：瞎捣鼓有啥用？家庭才是第一位的。而且她们都有种尼采说过的“那些听不见音乐的人，认为那些跳舞的人疯了”的偏执劲。

美剧《纸牌屋》第三季中，弗兰克到了竞选下任总统的冲刺阶段，作为刷票神器的妻子克莱尔到最后时分竟然称病不出席竞选活动。绝大多数观众觉得克莱尔太作，等弗兰克当上美国总统后，她不也能风风光光地继任第一夫人吗？

对丧失自我这件事很敏感计较的克莱尔，不甘心只做总统背后的第一夫人。虽然也质疑当时她的能力配不上野心，但是我深深觉得，有不伤天害理的野心比一味退让顺从耐看迷人得多。

女人如果只把日常里所有喜怒哀乐集中在面前这个男人身上，无论如何上升不到“格局”二字上，而当把有限的精力分一些给情怀或理想后，整个人才会变得大气硬朗，历久弥新。

女人找个好男人的目的，是结伴同行，一起勘探仅此一生的精彩生活，而不是让他成为你的经济来源、物质保障、余生梦想的接盘侠。你当然可以和他携手共享他的日月星辰，但也别放弃自己的以梦为马。

别把持续获得男人的宠爱，当作自己人生中唯一重要的待办事项，一个女人的最高成就，是能够把自己的美好由内而外地活出来，从这个角度来看，得自我者才能得天下。

我们期待心有灵犀的伴侣，向往互相扶持的关系，但就算我们最亲爱、最优秀、最心动的那个他，承诺一辈子把我们捧在手心里，仍然要热泪盈眶，仍然要心如明镜：不管是谁的手掌心，都太小了。

讲真的，
你们不觉得情商太高的人很可怕吗？

我早把修炼情商列入人生规划，但不支持情商越高越好。

每次看到情商高的人为人恰到好处，处世滴水不漏，常常把话题杀手制造的冷场面挽回时，再资深的后期，也难以表达出我的崇拜之情。

可是好菜也架不住天天吃，天仙也耐不住时时看。当朋友圈里歌颂高情商的文章转发率比中国出生人口性别比还高时，我心里的叛逆因子按捺不住快要揭竿而起了。

所谓情商高，就是好好说话。情商高的人，能让别人舒服也不让自己委屈。情商低的人，到底有多要命？好吧，话都被你们说尽了，外延也都被你们拓展了。

可是回归到学术定义上来，美国作家丹尼尔·戈尔曼的经典畅销书《情商》是这么说的："情商就是情绪智力，是管理情绪的能力。”情商高的人的几点“公因数”为：

1. 在消极情绪出现时能管理自己的情绪反应；

2. 通过延迟满足感和抑制冲动合理地利用情绪以达目标；

3. 对别人的感觉非常敏感；

4. 有技巧地处理和影响别人的情绪状态，从而达到建立或巩固人际关系的目的。

“管理”“抑制”“敏感”和“目的”等字眼让人看上去就不太舒服，所以就算享受与情商高手相处的时光，但“高情商”始终是被我排除在对别人的溢美之词目录外的词汇。我总认为夸人“情商高”夸得有点儿缺斤少两，少了些许真诚，多了一丝贬损。

以下，我要盘点高情商的“三宗罪”：

1. 低敏感和高情商之间，我果断偏爱前者

高情商的人之所以能有同理心，能将心比心，能说话前仔细过脑，能己所不欲勿施于人，原因就在于他敏感。敏感是种预知和领会别人感受的能力，是内心未经验证的言行指南。

敏感是把双刃剑，既是人际交往的润滑剂，反过来又是自我戕害的小尖刀。于我而言，脱敏是目前人生序列里的重点工程，所以宁愿选择低敏感，也不愿意选择高情商。

我时常想起小时候，爸妈两地分居，那段时间自己要么跟妈妈住，要么被爸爸带着。

跟着我妈住她们教师宿舍时，我会被呵护得周到妥帖。但我发现她们私下的聊天儿内容，时常会细微地放大别人的感受。同事的一句评价、主任的一个眼神都值得解构和挖掘半天，我感觉她们太擅长掂量说出去的话是否使人愉悦，对“弦外之音”的洞察力过度敏锐让她们吃尽了苦头。

而我爸爸带我的时光就轻松多了。虽然他每次帮我扎头发都差点儿导致我谢顶，每次衣襟沾了油渍却苦于没有干净衣服换，但我超爱那种大大咧咧、潇潇洒洒的生活风格。和他们那帮口出狂言、心不设防的男同事相处，我感到愉快自在极了。

现在回头想想，我得出“敏感之人多痛苦”的结论，他们习惯拿个天平对别人无意中说的话仔细称量，总把假想困扰变成负面情绪的常规演习，有这样一颗脆弱玻璃心的人注定遭罪。

于是我一直努力让自己的内心拥有正面意义上的钝感力，追求叔本华说的“减轻对他人意见的高度感受性”，就算分寸感和心意解读能力不怎么厉害也无所谓。

2. 情绪压抑太多太久，是大爆发的前奏

以我一个俗人的眼光来看，人人都有七情六欲，除了认识的那个出过车祸、越过生死的客户好像真的很超脱以外，所谓的情商高，或多或少在压制或伪装自己的情绪。不管是立场不同的顾此失彼，还是人情练达的隐忍不发，你很难做到情商和心情双赢。

我朋友 L 的媳妇在事业单位上班。有一次几个老友携家属聚会吃饭，席间一个白目男拿刚跳槽的 L 打趣说：“职场新人 L，你

媳妇现在的收入比你高不少吧？”

我已经明显感觉到场子迅速冷却下来。有些人情商低到逼得我好想去淘宝批发血滴子收拾他。

正当大伙儿拼命找地洞之际，救苦救难的L的媳妇发话了：“我们家当然是老公L在养家，因为他是纳税人哪。”

自此她登顶了我心中的情商高地，秀恩爱+争脸面+救场子，一应俱全，华丽收场。

因为投缘，我和L的媳妇成为了聊得来的朋友。对她越熟识，我越心疼她。不知是天性使然还是职业要求，我觉得她有时太压抑了，工作上面对论资排辈的氛围常常须强颜欢笑，依赖投票的晋升机制让她不敢得罪别人，面上、里子都得兼顾，其实内心不像脸上笑得那么开心。

一个不断升温却没有出气孔的高压锅存在巨大的安全隐患，我始终认为永远正能量满格的人像永动机一样只是个神话，正面有多大的光辉，背后就有成比例的阴影。谁都有负面情绪，每天细水长流地消解一些，总好过撑破容器后伤人伤己。

很多人说过几句不合时宜的话，其实真不至于死于血滴子之下，有时真情流露反而招人喜爱，而每分每秒顾全大局会让人觉得不太真实、难以亲近、有距离感。

3. 太在乎别人的感受，会错失自我提升的良机

过分看重别人的喜怒哀乐和一举一动的人简直是把自己配角化，有那闲工夫不如好好专攻一下自己的专业。

以前看到八卦报纸上说孙俪因被偷拍家庭聚会而指着狗仔痛骂一顿，我还担心她的事业之路被人抹黑，但人家把应酬媒体的精力拿去诠释一个角色，拿去关爱自己家人，现在成为“人生赢家”的范本。而横扫金扫帚奖的红人，无疑善自黑、有魅力、情商高、会公关、粉丝多，但拿不出实力过硬的作品，终究只是艺人而不是演员。

诺贝尔生理学或医学奖得主屠呦呦，据很多报道说她是个脾气很差、人格有缺陷的科研人员，尽管提取青蒿素获得广泛认可，却多年与院士无缘。她获诺贝尔奖告诉人们，情商不够智商来凑也是行得通的。再观公司新来的实习生，不好好研习业务，认为人脉就是第一生产力，最爱探听同事及领导的八卦、雷区和喜好，争当暖场小达人和绯闻百晓生，很多同事表示反对他转正。

主观关停别人的评论渠道，自动屏蔽他人的起伏沉降，对自己超载的负能量定期去库存，别把具备高情商作为人生唯一的出路，暂被贴上情商低的标签也不会永世不得翻身，真等自己做出一番成绩，哪怕你情商不太高，别人也许也会改口夸你真性情的。

总之，别把缺乏教养当作气场强，让礼貌成为表达的自然属性，你做到这两条基本够了，很多时候，丢失好心情和专业度去拼情商，过犹不及，慧极必伤。

懂得自娱自乐，
才是真正的生活家

经过我眼和我心双重认证过的生活家，并不是多么讲究吃穿用度的挑剔鬼，而是那些独处时自己就能自然而然地把生活过得妙趣横生的人。

这类人最大的特征就是有自娱自乐的精神，能轻而易举地从冗长平淡的生活、工作之中脱颖而出。在琐碎的日子里，独自一人就是一台多幕剧的奇葩朋友，全身自带包袱让人对每一帧都想存档；连自言自语都用 B-box（节奏口技，是口技的一种形式）形式的逗趣配偶，为我的生活平添海量欢乐。

在电视情节里，《射雕英雄传》中，被黄药师囚禁在桃花岛地洞里 15 年的周伯通，竟别出心裁地自创出左右互搏术来消磨时间，金庸把他塑造成鹤发童颜是有理论依据的；《老友记》中，钱德勒无聊时把客厅足球桌上的运动员玩偶逐一起名儿的诸多类

似细节，奠定了他在剧中幽默担当的地位。

写下“我的心不是一条清静的林荫道，而是十字街头啊”的朱自清，小宇宙丰盛地跃然纸上让人点赞；赋诗“斯是陋室，惟吾德馨”的刘禹锡，在外流放 23 年仍苦中作乐不失天真。

谁的生活不是上下左右、东南西北都有掣肘？但能够自娱自乐的人，没太把消极影响放在眼里，倾向于活在此时此刻，习惯把每一天当作节日来过，不仅自己过得乐趣盎然，也向周围辐射轻松的气场。

我极爱收集那些身上有自娱自乐特质或潜质的朋友，话说与他们相处，是一种怎样的美好体验？我举两例：

有一个周末，我和几个新老朋友相约午间 3 小时包场 K 歌。常驻麦霸因扁桃体抱恙只能委婉地发挥两句，场子沦为开着原音打发时间的无聊滋生地，有人出去打电话，有人出去买东西。我在洗手间里照了一刻钟的镜子后，返回包间，却意外地看到包间里只有小 α（充满了希腊风情的命名方式，区别于司空见惯的小 A）。平时木讷少言的他妖娆动感地唱跳着一首 SHE 的歌曲，顺势反串模仿起 Selina、Hebe、Ella 的唱腔和咬字，还跟着节拍跳起了 MV 上简化版的舞步。

我在门口目瞪口呆地注视着自唱自演自跳得不亦乐乎的小 α。通过这个场景，我仿佛看到了一颗坚硬朴素的核桃里面那纵横曲折别有洞天的沟壑，从此好友收藏夹里又多了一个自己能见缝插针地玩兴奋的主儿。

还有一位愿意透露姓名的妹子，娉婷，是我大学选修专利课时认识的校友。老师上完课后鼓励同学开动脑筋申请专利，坐在我旁边的娉婷拍了拍我，提议我俩结对想项目。我愉快地答应下来。因为她太能自娱自乐，我俩迅速变得亲密无间。

我俩去逛商场，看到推着婴儿车的妈妈面露倦意，她眼睛放光。“我建议婴儿车可以改造一下，把下面的车轮换成滑板。这样上面睡小孩儿，下面滑滑板，妈妈们省力又好玩。”又有一次去吃火锅，同为近视眼的我俩往锅里放菜与肉时眼镜起雾，她边擦镜片边有灵感：“我想到我们可以发明一种火锅专用眼镜，增加一个像汽车雨刮器那样的小装置，就叫‘雾刮’，可谓火锅店近视族的救星。”

她沉浸在自己脑洞大开的小世界里怡然自得，一个不那么尽善尽美的人间被她的想象力打扮得摇曳生姿。

不管旁人在或不在，她都是个鬼马新奇点子咕咕往上冒的创意起搏器，习惯用发现美的眼光为黯淡生活做透析，下意识地从日常琐事中提取创意。其实我俩大学四年光说不练也没什么发明创造，可是她那自言自语、自得其乐的天真劲，着实惊艳了我的大学时光。

会自娱自乐的人可爱极了，并且他们还让生活本身也变得可爱起来。

他们自己一个人的时候，不会被孤独或无聊淹没，很可能自己逗哏自己捧，哼着小曲儿在厨房里研发美食，拿出日记本安静地连写带画，跟随音乐节拍对镜乱舞，穿成风景去和大自然比美，乘物以游心是生活的常态。

与别人相处时，他们也会见缝插针地自娱自乐，脑中突然冒出一个笑话，还没讲出来自己已经笑趴；朋友的话题给个线头，他们能织出一件华服。我感觉所有的笑点，都是冲着他们的面子来的。他们的自娱自乐区别于自嘲自黑，比起贬损自己逗乐别人，他们更善于取乐自己感染他人。

我试着对原发性自娱自乐的朋友们进行一个简要的归纳分析发现：

自己先有有趣的体质，再把好玩的人和事强力吸引到身边；

他们的心情是自己的内政，别人无权干涉，在身体周围好像有层抵御枯燥乏味的保护膜，能条件反射地把负能量隔离在外；

他们的乐趣可以自行循环开发，很少被外物劫持，他们清晰了解体内愉悦系统的运行程序，用别人难以解码的方式让自己保持或恢复好心情。

说到底，热爱生活的他们怎么舍得好生活被狗啃了？

懂得自娱自乐的人，能确保快乐来得很简单、很直接、很原装，这是一个生活家的基本素养。

不懂释怀，
皆为困兽

一个人不能用不快乐的方式来达到快乐的目的。

所以就算那些吵着“我就是要嫁得更好，好让前任后悔去吧”“我就是要争一口气，证明老板当时瞎了狗眼”“我这次要出尽风头，谁让他们曾经看不起我”、害怕在别人眼里显得不成功不圆满的人都实现了当年的愿望，我也不觉得他们心里能好受到哪里去，除非在自我进步中一点一滴地释然。

自己变得更好，直接受益人永远是本人，如果你的幸福感需要从别人羡慕忌妒恨的眼神里获得，那你不是真正快乐。

有些貌似很励志的话会给人很强的代入感，比如 KTV 的必点曲目的其中一句歌词：“冷漠的人，谢谢你们曾经看轻我，让我不低头，更精彩地活。”再比如社交网站上的爆款签名：“我经得住多大诋毁，就担得起多少赞美。”

难道咱普通人中，有童年阴影或人生坎坷的那么多吗？为什么有人总觉得别人总是幸灾乐祸地盼着自己不好？谁的生活这么清闲，谁的人设这么无聊，生下来是专门来对别人冷嘲热讽，进行诋毁和伤害，用此等阴暗的方式来激将别人卧薪尝胆抵达人生巅峰？

不排除生活中难免有些低素质、零口德的人，人家敢上刀子嘴，你还在这里玻璃心呢？干吗让别人的评价成为你的心情风向标？他若把你含在嘴里，你至于把他放在心里吗？能不能惜命一点儿，你至于为这种人搭上自己的内分泌系统吗？

可能真有怀揣阴谋的人，当你咬牙切齿地战胜所谓的阴谋家后，自己会不会也对别人置若罔闻，爱搭不理？变成自己当初憎恶的原型有何乐趣？尼采提醒过，与怪兽搏斗的人要谨防自己也变成怪兽哟。

我理解把自己的处境营造出一种末世悲壮感，更加容易激发斗志，但其实我们终将醒悟：努力，终究是给自己看的，别人可能压根儿不在乎。

自己努力，当然是为了实现目标，才不是为了在别人眼中显得毫不费力。不要让伪目标模糊了目标本身，你没必要轻易被周围人的看法交叉感染。携带戾气的努力就是报复，就算实现夙愿，你也会丢失初心的快乐。

有人说，报复一个人最好的办法就是过得比他还好，可是你时时刻刻想着要过得比他更好，本身就不可能过得有多好。

师夷长技，是为了“以自强”而不是“以制夷”。

我大学的时候，天天早起和宿舍的学霸一起去草坪上朗读英语，学霸的初恋就诞生于这片草坪上。有一天隔壁班级的男班长来给学霸安利上海中级口译，两个人决定结成拍档共同备考。

后来他俩在我们的祝福声中成为了男女朋友。两个人都以高分成绩通过笔试，在准备口试的过程中，男班长突兀地提出分手，我的室友回来后病了好几天。

后来她得知男班长当时因另结新欢而与她分手，才强行振作起来。自此以后，她拉快成长的进度条，看美剧用书本挡住下面的字幕练听力；懒得护肤的她开始一周贴两次面膜，睡前双腿垂直贴在墙上十分钟；有事没事她就举小哑铃优化手臂线条，每个夜黑风高的夜晚去操场跑步。

后来她考上了名校研究生，我们几个好友出去帮她庆祝。席间心绪起伏，感慨起四年的大学时光，众人一致觉得她的变化最大。她通过了上海中级和高级口译，考入最向往的大学读研究生，体貌特征和衣品气质大幅提升，人更自信，笑容更甜，生活更有情趣。

我问其原因，她直指那段无疾而终的初恋。她承认当时振作起来就是赌气地想让对方知道，没有他，她一样活得精彩。可后来自己的生活随着故作精彩而真正变得精彩后，她豁然开朗，甚至感谢那个最初以伤害形式侵入的转折点。

我庆幸她的大格局没容许她的努力是为了证明自己比前任的女友更优秀；我欣赏她的好心态让她把安放在前任身上的时间及

精力潜移默化地转向自己；我佩服她的大智慧没让她为了招人待见做不招自己待见的事；我感谢她的经历为我们演绎了师夷长技以自强比师夷长技以制夷无敌多了。

“真正的高贵，是优于过去的自己”，不必非跟别人较劲，我们历来被错误地教导“吃得苦中苦，方为人上人”，好像吃“苦中苦”是为了当“人上人”，但这是一种租赁给别人的心情，一种与别人攀比的好胜，一种经别人认证的快乐，没有心底的从容与平静，表面上是“人上人”，实际上只是“人下人”。

想到一切努力都是为了自己，我们还有什么耿耿于怀的？

真正的有心人，
才不在乎会不会被功夫辜负

几年前的某天我在书店挑书，看到2012年《新周刊》年度合集的封面标题是“做点无用的事”。尽管那是自己深爱多年的杂志，但我在内心深处还是对着这个标题翻了个转体720°的白眼：这一地鸡毛的现实，谁有空去做无用又那么奢侈的事情？

现在我早已改观，自己内心真正热爱的事未必有用，但这是抗击一地鸡毛最有效的独门暗器。

人们常说功夫不负有心人，可是我见过真正的有心人，根本不在乎会不会被功夫辜负。

真正的兴趣会让人想守住一片净土。

大学时我们班有个来自延吉的男生，长得像韩国人，方言讲朝鲜语，迷街舞迷到痴狂。他普通话不太好，日常交流略显吃力，是个腼腆的羞涩男孩儿。

有一次我陪室友去练舞房，看见这位延吉男生在教我们班的几个同学跳 locking（锁舞）。他逐一纠正完同学的姿势后，播放舞曲连贯地即兴跳了一段。羞涩男孩儿瞬间有了巨星范儿，一串快速流畅的动作突然在某个节点停顿，一个小幅度的 wave（指波浪一样的动作）从小腹传递到头部，身体灵活得像个上了发条的玩具，我的眼神像是被抹了胶水似的移不开。

延吉男生爱街舞爱到了骨子里，生生教会了几个毫无基础的同学。他们组队到处参赛，后来变成了拿奖专业户。但大三那阵子，他独自回归练舞房，谢绝参加比赛和活动。

有一次我和他聊起天儿来，他说被他教会跳舞的同学，有些已经开班授课，有些承接商演活动，而他只喜欢为喜欢跳舞而跳舞，与志同道合的舞伴一起跳，很多杂念掺杂进来以后，兴趣会失真，变得不可爱。

当你专注于钟爱的兴趣时，你会尽量保持它的纯洁和简单，舍不得被功利心和目的性带偏。

只有内心持续沸腾才是坚持之道。

不得不做的事我们总得咬牙切齿地坚持，喜欢做的事一想到就会绽放笑容。

我第一次见我婆婆时，她说她很爱绣十字绣。那时我看着揉搓眼睛、按摩颈椎的婆婆，忍不住提醒她多注意休息，别累坏身体。

当她在我眼前缓缓展开卷成轴的《清明上河图》十字绣时，

我目瞪口呆地观赏着这幅十多米长的画卷：古色古香的建筑，不计其数的小人，令人叹为观止。

我定睛看那些小人，最大的还没有一个指节高，头发、皮肤和衣服的颜色都变化多端，能想象换线繁杂难度大；逛街、驻足和聊天儿的人物造型都各不相同，能断言伤眼费神技术高。

这幅耗时快三年的十字绣是婆婆争分夺秒见缝插针地绣出来的，多次进出展览馆，有港台的商人想高价买走，婆婆坚持留作纪念。

我结婚以后，有一次和婆婆单独在家。我在看书，她在绣十字绣。我抬头偷看她一眼，见她眉眼舒展，脸颊微红，专注用心，氛围美好得匪夷所思。

她跟我说过，十字绣其实很简单，可是她绣了很多年，从不腻烦。生活难免有烦躁琐碎的时候，但只要她手上拿起针线，心里就平静如水，就算不痛快，绣上一阵就喜悦了。

你的热爱润物细无声地重塑着你的人格。

对看书写字这件事，我是发自肺腑地热爱。

我初中利用上课和业余时间，写了整整三本奇幻小说。我在班上还有固定的铁杆读者，我们一起热火朝天地研讨情节走向，在当红演员中为小说选角，这些趣事简直让我的整段中学生涯过得非常愉快。我至今记得有位同学在同学录上给我留言，希望以后能读到我写的小说。

出版小说这个想法连我都觉得不切实际，但它潜移默化地改变了我的性格。

比如我养成了体验型人格，常常自我设定一种积累素材的使命感，随时随地像个记者般观察、体会、辨别、思考，仿佛有人等着我去前方发回报道。

因大学同学有个本地女生说她家长辈重男轻女，于是假期的社会实践我就做了当地居民的生育观的调查；大学时听某个同学说起在义乌小商品城的见闻，于是我就只身跑去那儿找份实习工作见识贸易方式；工作后有一次逛博物馆看到一个志愿者挺快乐的，于是我打听报名方式有空也去馆里志愿做个讲解员。

出版小说的想法还发酵出我蓬勃的好奇心，碰到新鲜事我会条件反射般开启我十万个为什么的提问模式。我记得我原先也不爱说话，可能想探听别人的想法所以必须沟通，在不知不觉间变成话痨。

我第一次使用快车服务，和师傅就注册流程、生意情况、盈利状况等问题展开深入交流；去咖啡馆听到好听的歌曲有时会去问店员要歌名；在商场看见 VR 体验空间，会戴上设备体验一番后回来查阅相关的原理和前景。

我越来越觉得，充满好奇心和求知欲，从长远来看，是人生的一种奖励机制。别人眼中的“不务正业”是我最大的喜乐发源地，别人嘴里的“少走弯路”在我看来也会错失风景。

人的发展与提升，不是因为爱就是因为怕，我愿意自己属于前者。

现在我理解了傻乎乎拒绝名利回报的延吉男生，理解了眼酸颈椎疼仍然爱十字绣的婆婆，理解了开着火锅店赚钱出专辑补贴梦想的薛之谦，理解了当初选修书法时也没想过以后可以用在苹果设计上的乔帮主，理解了有些人在物欲横流的时代仍然做着讨好自己的无用之事。

真正的有心人，功夫会不会负自己没那么重要，他们不舍得放弃伺候兴趣的欢欣，像个不担心颗粒无收的无畏少年。

好感情永远
后来居上

我想致总忍不住想“劣质前任”的人们一句话：“旧的不去，新的不来。”

我觉得“劣质前任”有两种情况：

第一种是对方在恋情开始之初就动机不纯，甚至使用欺骗的手段进入感情。就像长沙小伙子同时交往 17 个女朋友，生病时被包围探望而惨遭穿帮。要是我是这 1/17，压根儿不会承认我曾是他的女友，连法律都规定了因重大误解订立或显失公平的合同是可撤销合同，更何况存在欺诈、损害别人利益的合同，根本就无效嘛。

第二种是这段恋情塑造了一个更加差劲的自己。也许你俩都是好人，可在一起时总是激起彼此心中最差的人格和最糟的情绪；也许对方身上确实存在你无法长期接受的缺点，让你在这段关系中没有安全感和愉悦感；也许你俩刚开始情投意合，随着了解和相处，对方对你暗生嫌隙直到另觅他人。

当在微博上看到虎掰掰的那句“总是忍不住想前任怎么办？你值得更糟的”时，我果断点赞后，连带将自己仿写的那句“总对劣质前任念念不忘会怎样？你值得最糟的”私信发给了让我心疼的失恋女同事。

该女同事因男友脚踏两只船而长期深陷情伤之中无法自拔，调动自己所有的感官来感受痛苦，每天带着一双哭肿的眼睛来上班，眼睛无神、皮肤无光、身体无力。无论周围好友好说歹说，也没能助她早日走出失恋阴影。因穷尽个人毕生所学的安慰词库也无济于事，逼得我不得不采取激将法。

既然你已经失恋了，就不要再“失脸”了。请停止你的无效伤心，请无节制地自我珍惜，伤害自己不能报复别人。别人若是在乎，哪儿舍得你这般伤心？如果说你和你爱人由于不可抗力而不能相爱相守，或者你爱人为保护你而致伤致残，就算你痛苦一万年我也觉得情有可原。

可是为了一个人品糟糕、用情不专的男友，你喝醉一次、咆哮两回、痛哭三声，走个伤心的形式就差不多收场得了，一场旷日持久的过度自我消耗是什么路数？早日看清真相，长痛不如短痛，这已经是命运给你的善意剧透了。

有的人非得拿着美图秀秀美化前男友，非得拿他忙到没有时间来为他辩护。拜托，工作狂乔布斯推掉会议也要去和心仪的女人约会，革命家孙中山忙着推翻清朝政府都有时间找对象，认清事实从不再自欺欺人开始。

你该掐停行进中的秒表，起身收拾残局，不能老是对着曲终人散的舞池不愿醒来啊。

Trouble is a friend（麻烦是朋友）不叫惨，但你是自我困境的 trouble maker（麻烦制造者）的话，那才叫如假包换的惨。

当你失掉一个劣质前任时，由内而外地调整好状态，才是迎来优质现任的充分条件。

我家有位私交甚好的邻居阿姨，是位体面优雅的中学教师。可一夜之间，一个浓妆艳抹的年轻女性上门叫嚣，满口“是你先看不住你老公，现在你得成全我们”之类的污言秽语。原来邻居老师的老公早已出轨，小三都显怀了。

她老公去意已决，搬走东西那些天，老师请假在家，浑身瘫软，失魂落魄。我妈下班回家做了饭给老师送去，连续几天看着老师怅然若失、万念俱灰的样子觉得悲愤交加，当即帮老师挑选几张好看的照片，周末生拉硬拽着老师去婚介所填写申请材料。

没过多久，有位适龄的优质大叔追求老师。大叔心疼她、安慰她、开导她、欣赏她，一份克制的温情加上时间的考验，老师和大叔终成眷属。

后来某天老师来我家喝茶。因我妈居功般调侃她气色好得出奇，她释然地坦言，刚离婚那会儿真是分分钟都难挨，懊恼自己无法生育导致前夫变心，成天怨天尤人意志消沉。

几句话带过后，进入对大叔的表彰大会，快四十岁的她竟似少女般娇羞，说和大叔在一起后，才知道每天下班有个人在校门口等着接她有多惊喜，每次被迁就口味有多知足，每天出门前被赞“你真漂亮”有多窃喜。以前她前夫对她哪里有这份心思？现在夫妻俩时时有说不完的话，恍惚间觉得相见恨晚。

于是，领到感情津贴的老师语重心长地总结了一句：“好感情都是后来居上的。”

好样本对坏样本的覆盖使邻居老师的生活重新透出亮光来。事后她前夫和小三闹掰后，还来向老师求复合的结局我们已经不再关心。

看过彩色电视机，谁还想看黑白的？

杨绛在钱锺书去世后依然留守人间打扫现场，没想过重新找个老伴儿安度晚年，我觉得她怀揣着曾经的无数回忆已经足够对抗余生了。

而如果你因为一个对你不走心、不上心的人，毫不吝啬地冷落并丧失自我，拿自身的堕落，当作那个伤害你、玩弄你、抛弃你的人炫耀自身魅力的素材，我只会为你拿一个错误去抵抗另一个错误而深感惋惜。

别人因为“曾经沧海难为水，除却巫山不是云”不愿再爱了，而你因为“明知天涯有芳花，固执单恋一枝草”不会再爱了，放不下以次充好的感情过期票，就错失了体会高质量爱情的入场券。

就算你这轮明月无奈照了一回沟渠，也万万不能收起光芒变得暗淡，不然还怎么邂逅与你相配的星辰大海呢？

什么样的女性
最容易被人称呼为“女的”？

我生怕自己被“女的”这个语焉不详的词语指代。

我倾向于提及一个女性名词的时候，能有与之对应的形容词，比如粉嫩剔透的女婴、童稚十足的女孩儿、亭亭玉立的女生、成熟优雅的女人、英姿飒爽的女侠、女人味直逼丹田的女神、巾帼不让须眉的女强人、个性豪爽不拘小节的女汉子……

所以，“女的”这个词未免太过草率糊弄了，除了点明性别以外，其他都是一笔糊涂账。

什么样的女性最容易被人称呼为“女的”？经我观察，客观如女孩儿和女生，主观如女神和美女，个性鲜明如女强人和女汉子，都不隶属于“女的”的定义范围。也就是说在女性这个集合里，通过各种风格和特点的过滤网层层筛选，最后没被认领的就是“女的”，就是那些面目模糊荒芜、对生活逆来顺受、缺乏辨识度、没有自我性格特点、举止动作粗俗、内心世界苍白憔悴的“女的”。

“女的”在我眼里是个贬义词。生活中我们难免在不便细分的场合或被语感欠佳的人称呼为“女的”，但如果被人在心里如此认定，甚至连自己都无力辩驳，那还真是大事不妙。

女性的起点始于女婴，读书前大家都是小女孩儿，读书后大家都被统称为女生，可步入社会后，不同的内在和外表会把你引向不同的阵营，甚至之前一些滥竽充数的“女的”也现出原形。

很多人可能会以为只要女性化就可以避免被称为“女的”，非也。以下，我来试着分析一下到底什么样的女人会被定义为“女的”。先从外在开始，外表女性化的女人就一定不是“女的”了吗？

我觉得不一定。有时女人就算生了一张风情万种的脸，长了一个凹凸有致的身体，配了一副甜到让人起鸡皮疙瘩的嗓音，第二性征的表达再突出，但不幸性格和素养方面有重大缺陷，照样会沦为“女的”。

女人的美是参差多态的，外表不必局限在女性化的范畴里。比如超女李宇春身上精准糅合了阴与阳、力与美、先锋与保守的特点。帅气倜傥、张力十足的她，借女人之躯诠释着英俊硬朗之气。

再比如具有雕塑感的英国女演员蒂尔达·斯文顿，是超越肉身直驱精神的存在，金发雪肤，线条嶙峋，长相更被神来之笔描述为“一种抽象、唯心、形而上的形貌”，看上一眼就摄人心魄。

她们都以突破常规的魅力延展了性别审美。

外在属柔或属刚同样不能成为分界线，但心无主见地不管外在，甚至连卫生情况都不拘小节的女性，很有可能在“女的”这个待定区里。

然后我再说到言行举止层面：公共场合大声嚷嚷、没有公德心的粗糙女性是女的；上车时力阻众人“一妇当关，万夫莫开”的挤车大妈是女的；用擦着贵妇口红的嘴巴造谣生事、诽谤他人的长舌妇是女的。这些粗俗化的言行让别人不知如何称呼她们是好，只能用“女的”这个性别属性称谓来统称。

言行举止透露着一个人的内在气质，有人说女性一旦有了媚态这种东西，就会让人像是暗中受到笼络而不自知。我承认优雅温柔的女人是美的一个分支，但爽朗洒脱和风骨铮然更是。

所以，属阴或属阳的举止、气质与是不是“女的”没有必然联系，但不文明、没教养、很没种的女人就一定是“女的”。

最后压轴的是思想内核，我常常会对着一些文坛女盟主的照片端详很久，苏珊·桑塔格被病痛折磨的容颜、杜拉斯备受时光摧残的脸，看上去算不得多让人惊艳，但在思辨和知识领域里添加了原创标的她们无疑演绎了女人的极品美感，聪明果真是一种新形式的性感。

自我意识是思想范畴里的浓墨重彩，如果你断了“自我”这根弦的话，再怎么拼命捯饬到妆容得体、美甲缤纷、华服加身，顶多在“女的”前面追加一个“花瓶”之类的定语。

香奈儿有句告诫：“你可以穿不起香奈儿，也可以没有多少衣服可供选择，但永远别忘记一件最重要的礼服，这件礼服叫自我。”自我是比奢侈品更奢侈的东西，衣服尚且如此，对整个人而言更是如此。

坚持用自我意识当作行为驱动力的女人，能从这个点散射出专属的外在表达和内在气韵，呈现出自己的勃勃生机和气象格局，这时的你才是独一无二的，甚至扩展了现存女性的已知分类。放心吧，“女的”这个戳无论如何也盖不到这样的你身上。

被人称为“女的”，我会很不高兴。因为除了性别之外，我还想向外界传达些其他特质，不愿只是个“女的”。

有礼貌的女孩儿
运气不会太差

凭什么别人运气比你好？为什么受伤的总是你？也许只是因为你是个礼貌低保户。

最近我朋友一脸疑惑地问我："知道什么叫千里之堤溃于蚁穴吗？"

我听她娓娓道来。

为拿下日本某大型连锁便利店的一块业务，他们整个部门从优化生产线到准备宣讲会，各种抱团加班、做足分析、通宵策划。日方代表也表现出浓浓的合作意向，可是在最后拟定签合同的会议上，却借故终止了进程。

部门上下的人排查出的原因竟是开会那天，部门经理大大方方地接了四通电话。据细心的在场人员说，经理多接一通电话，日方代表的脸色就更臭一些。

日方代表不愿意和这类礼貌余额不足的人合作，或许是由于朋友的公司的经理当众接电话显得不够尊重，缺乏诚意，商务礼仪差。

这既在情理之中，又在情理之外，当然对合作未遂的原因我无从考究，但是真心想说：礼貌远比想象的更重要。

我发现身边不乏礼貌贫困户，有时他们的言行真让人快气出脑出血。反面教材信手拈来：地铁上相拥的情侣旁若无人地接吻，亲出水牛蹄子从烂泥里拔出来的声响；在拥挤的公交车上给孕妇让座，对方觉得这是你应该做的，连句谢谢都不赏赐；递过手机给朋友看某张照片，别人竟落落大方地把整个相册都阅览一遍；去商场买东西，无视店员的热情招呼，挑货时东翻西找，迅速制造出一片狼藉的场景后消失不见……

缺乏礼数的人，尽管暂时没被黄牌警告、红牌罚下，那只是暂时没被裁判吹哨儿而已，别忘了还有边裁和电子眼，更有海量观众围观。

温良恭俭让会给自己省很多麻烦。

前段时间我去办理迁户口，没少听过来人吐槽，不是资料不齐来回跑，就是办理人员脸太臭，因此做好了遭罪且糟心的心理准备。

我在网上查找了所需准备的材料，有问题提前咨询服务热线。现场排队时，我站在黄线外候着。我前面的兄台上去就劈头盖脸地塞去一沓材料，很不耐烦、语气生硬，和窗口人员纠缠许久，然后烦闷离场。

轮到我时，我微笑、颔首、敬语一应俱全，按照办理要求依次摆好材料，双手递给工作人员，对方同样客气且麻利地回应我。我有一个证件忘记带复印件，工作人员顺手就帮我复印了一份，一次性通过，分分钟搞定。

面对一朵向日葵般的笑脸，谁忍心伸手出拳？温良恭俭让，也能给自己省麻烦。

有“礼”走遍天下，礼貌能减少很多生活中的摩擦，打车时，你带几个“师傅”的前缀和“谢谢”的后缀，基本能保证一路轻松融洽；饭局中，敬酒时酒杯低于对方，不强行劝酒，大家以后更互有好感；订餐时，你礼貌问好，见机行事地使用“请”“麻烦”等字眼，说不定上菜速度更快，还能多几块肉咧。

当然我不是说要图点儿什么才故作有礼，其实整个交往过程中自己获得的好心情可比回报本身重要多了。

人生就像一面镜子，自己的态度和举止，最终都会返回自己身上。现实中的常人，请收起你那张冷脸，如果总是黑着脸冷漠地摆高冷姿态，谁愿意拿自己的热脸贴别人的冷屁股？

有礼貌的姑娘就是幸运女神。

礼者贵乎诚也，我拿我特喜欢的姑娘举个例子。她是我在深圳工作时认识的同事，礼貌得体、不卑不亢，是我准备以后给我未来的孩子大说特说的经典案例。

我给她发邮件，礼貌周到的回件让人心生愉悦；和她打电话，热情轻快的问候让人感觉舒适。她常常挂着一张见牙不见眼的笑脸，与过道上邂逅的同事打招呼，与洗手间保洁阿姨唠家常，对楼下保安小哥挥手说再见。

时间一长，公司的年终测评，她口碑超好；每季度的员工互评，她位居榜首；阿姨打扫办公室卫生时，她的工位被额外关照；她加班到挺晚，保安让她注意安全的温馨提示也带来安慰。

我印象里的深圳职场，干练专业有余，人情温度缺失。公司人员流动性大，以致很多人离职时，别的同事只记得其英文名。而她另有发展时，上到大领导，下到临时工，纷纷表示不舍得，有很多同事甚至张罗着给她推介职位。

像她这样“敬人者，人恒敬之”的人，总能在良性循环里过得风生水起。

亲近的人更应优先享受到你的礼貌。

我妈认识一对70多的恩爱夫妻，爷爷大高个儿，奶奶很娇小。爷爷走路时总在奶奶外侧，两个人总有聊不完的话，长时间下来，爷爷的肩膀开始倾斜，靠老伴儿这边的肩膀低，靠马路那侧的肩膀高。我想再没有比这更令人向往的爱情了。

前年春节回家，父母带我去二老家串门。我关门时发现门背上贴着一张小字条：“老伴儿，出门请把特产给 ×× 家捎去。”奶奶解释说人老了记性不好，不写字条转身就忘。

而我的注意力完全在一个“请”字上，多年的老夫妻，日常里不忘相互尊敬。我们坐下聊天儿的过程中，奶奶叫爷爷递东西，会说“麻烦递过来一下”；爷爷接东西时，会让人难以觉察地颔首，眼里尽是谢意，没有生分感，温馨和煦极了。

很多人把最差的脾气留给了最爱的人，反复咀嚼彼此的坏情绪和毒舌话，还整天寻攻略、想对策来医治婚姻疾病，还不如学学怀着敬意和尊重的伴侣们，不把对方对自己的好视为理所应当，也不舍得让自己肆意任性的言行伤害对方。

在二老之间，存在着歌德说的那种发自内心的礼貌，它是变换了形式的爱情，由此产生出一种外部表现出来的最适宜的礼貌。

这些真不是个案，在生活、职场、感情中，礼貌的加持约等于好运。有礼貌的女孩子运气不会太差。

一部分人先强起来，不是为了丑化弱者

最近看着朋友圈一篇篇强力声讨弱者的文章，我都心疼弱者了。

弱者都记仇吗？至少强者未必宽容。岳云鹏在央视诉说他当服务员被百般刁难的往事，并肯定地说永远也不会原谅那个给他造成深深伤害的顾客时，可是事业上如日中天的喜剧一哥。

弱者都易怒吗？至少大佬们脾气不太温顺。苹果的乔布斯性烈如火，微软的比尔·盖茨脾气火暴，亚马逊的贝索斯喜怒无常，360 的周鸿祎发脾气把声带喊到撕裂，这些事怎么没人提？容易发怒的不止弱者吧？

你弱你有理吗？至少你强你也未必有理。如果一个本该属于弱者的权益被为富不仁者、既得利益者占用，如果一个弱者是在时代中非自己的因素造成的可怜甚至社会悲剧，这样的弱值得更深意义上的反思。

性格恶劣、含恨记仇、蛮不讲理，这些特质在谁身上多少有一些，怎么安在强者身上就是真性情，放在弱者身上就是遭人嫌？

你强你说什么都对，你弱你连呼吸都是错？

弱者的理想人设是不是得这样：第一，压抑抵制本性中的仇恨情感，坚持忍气吞声，不给别人添麻烦；第二，思其弱思其所以弱，然后忍辱负重，弱者当自强。

这貌似很对，但是我又觉得哪里不对。

令人讨厌的是弱点，而不是所有弱者。

“你弱你还有理”之所以引发共鸣，是因为有些人打着弱者的旗号侵犯别人的权利的行为不被人待见，但真正不被待见的是没占着便宜还不甘心的粗糙言行，是以己之弱绑架别人未遂后恶意撕票的行为。

你看不惯有些弱者的德行不必强行迁怒所有弱者，我觉得要么就事论事，要么就人论人，别把败类当典型，别把特殊当普遍，以点带面地一竿子打翻一船人太容易伤及无辜。

其实，我们真正讨厌的是作恶者，而不是所有弱者。

没有礼貌、不讲诚信、道德绑架、小肚鸡肠、撒泼耍赖甚至作奸犯科，这些不仅是弱者的专利，任何群体里面都有讨厌鬼。大家在打击目标时，能不能先瞄准“作恶”这一点再下手？

作恶的弱者让人恼火，作恶的强者危害更大，可有些人专挑软柿子捏，受到强者的气时，或者早已麻木，或者不敢反抗；而受到弱者的气时，或者口诛笔伐，或者仗势欺人。这样的人太不体面。

我很怕当把弱者和贬义词紧密联系起来，把弱者塑造成一个集弱点于一身的大成者后，那么广大没有作恶的弱者会面临舆论占下风、上升空间窄的现实，处境更加可怜无助。

如果你认识从前的弱者，也许会原谅现在的弱者。

我家有位熟识的阿姨，是爸妈二十多年的朋友。有一天她怒气冲冲地来我家诉苦，说想帮她儿子付个首付，还差八万块，鼓起勇气去找她那有钱的弟弟借钱，却被她弟弟拿资金周转不开来婉拒了。看着弟弟家富丽堂皇的装潢和酒柜上一瓶好几千元的红酒，阿姨无法遏制怒火。

大家先别拿“你弱你有理”来责骂这位阿姨，她家的情况我是知道的。她小时候家里穷，她爸妈起早贪黑地供她和她弟上学。当时成绩还行的阿姨实在觉得父母太苦，念完初中后主动退学，承担家务并帮忙养家。她的弟弟念完大专后工作体面、生活逍遥，而阿姨因工厂效益欠佳，生活时常拮据。

通过借钱一事，阿姨心寒且生气，后悔曾经让出了原本可能更好的生活。受苦自己认了，可是她真的希望自己的儿子能生活得更好一些。

阿姨怨恨地抱怨了几句，我不能指责她什么，也无法“哀其不幸，怒其不争”。因为受限于眼界和技能，她实在无力改善现状。

说实话，我觉得许多弱者不会空穴来风地撒泼耍赖，你看到弱者“恃弱凌强”时，先往前追溯看看弱者的弱和强者的强有无逻辑联系，有时正是弱者的弱才成全了强者的强。

强者未必无辜清白，弱者也不是天生无赖，别片面截个图就当看到全貌了。如果你知道弱者变弱的原因，或许会同情他们的。

他弱不是他无理的托词，你强也不是你冷漠的理由。

碰壁的朋友发了条丛林感很强的微博：“廉价的东西总是不被珍惜，包括掌声和笑脸，强者的一次点头，胜过弱者频频鼓掌，还不如把鼓掌的力气省下来让自己变强。”

当我读着这些游离在外的文字时，其冷漠气息使得右下角那个“赞”沉重到我按不下去。

丛林法则不相信眼泪的既视感让人不安。强和弱都是相对的、变化的，遭遇一场变故让人分分钟处境由强变弱的实例并不少见。

以前我的一位男同事，媳妇怀上龙凤胎后开启了他扶摇直下的境遇。他那属于高龄产妇的媳妇因为身体的问题怀胎四个月便住院保胎，单是安胎费就花光了他们二十多万元的积蓄。孩子早产当天，大女儿不足 2 斤，小儿子没撑下来。大女儿得在保温箱里养上数月，每天的账单都让人心惊肉跳。其间，同事卖掉车、卖掉家当想方设法地筹钱。当医生通知他有剂保命针得先交费才能打时，他说他几乎要下跪了。

虽然后来一些报销费用和捐款陆续到位，他家情况有所好转，但经历者和旁观者多少觉得惶惶不安，感慨世事难料让人防不胜防。

村上春树有段著名的“高墙与鸡蛋”言论：“假如这里有坚固的高墙和撞墙破碎的鸡蛋，我总是站在鸡蛋一边。是的，无论高墙多么正确和鸡蛋多么错误，我也还是站在鸡蛋这边。”

我当然没有那么高尚的觉悟，但坚信对“鸡蛋”的怜悯应该是我们的基调，当然先得把“鸡蛋的错误”甄别出来，不要拿一些“鸡蛋的错误”去抹杀所有“正确的鸡蛋”，因为不知何时你可能也会不幸成为一个“鸡蛋”。

不患寡而患不均的弱者表达诉求时，就算姿态可能没那么优雅，语言可能没那么得体，但请透过现象看到本质，为改变弱者的弱势尽一份心力。不然风水轮流转，你变成弱者后，没人会为你发声，没人会给你帮助，没人会替你出头。

毕竟一部分人先富起来，不是去歧视穷人的；一部分人先强起来，也不是为了丑化弱者的。

你 20 多岁时的生活方式，决定了 30 岁的打开方式

我这两天在统计读者留言时，发现 20 多岁的妹子们提问最多的问题，七成以上与迷茫挂钩。有暂时找不到理想的工作先读研究生的，有进入大公司却担心能不能过试用期的，有做着稳定工作觉得没挑战的，也有做着挑战工作觉得不稳定的。

我印象最深的是看了我之前写的《20 多岁，是一个女人最差的年龄》，有个妹子觉得文章很扎心，昨晚辗转找到我。

她说她就像我在文章中写的那样，买不起好用的化妆品，买不起好看的衣服和包包，去不了想去的地方旅游，搞不定业务上的复杂困局，看不清身边的感情真伪。20 出头的她又穷又迷茫又焦虑又没经验，很担心 30 岁时会不会好起来。

身为一个作者，看到读者赞成自己的观点我觉得高兴，可昨

天看完她那篇幅很长的留言，心里一点儿也高兴不起来。我之前把文章标题定为“20 多岁，是一个女人最差的年龄”，是要加大马力怒“20 岁是女人一生最好的年龄”这种说法而已。

昨天我回复她：“30 岁会不会好起来，关键在于咱们 20 多岁时的梦想和生活方式。”

上个月我看到大学室友小 Y 发的朋友圈：“祝自己 30 岁快乐。”她九宫格的配图依次是这 9 年来每年的照片，众同学纷纷在她的评论里致青春。

我看着照片里一年比一年明媚从容的小 Y，真难想象她大一进校时眸子里的黯然。

她那时说话有些结巴，激动起来更是把话说成断线的珠子；皮肤很黑，居然也没让自己显瘦一点儿；家里攒钱给她哥买房，她的生活费捉襟见肘；专业被调剂过，她本身对生物兴趣不大。

她知道自己的处境和劣势，所以特别努力。听说朗读对治疗口吃有益，经常深呼吸几次后开始朗读；听说物流热门，她就报名考证；听说英语过六级有就业优势，她就猛做真题。

但她有一次跟我说，不管以后她的简历多棒，都很难通过面试，我听完很心塞。

我们发现平时紧绷的她，在看漫画时最投入忘我。我们常夸她画画有天赋。确实也是，她随便画个漫画人物就惟妙惟肖，连生物实验课上画的显微镜下的微生物都比我们像很多。

在我们的鼓励下，小 Y 开始画寝室日记，给我们每个人设计了卡通形象，用九宫漫画记录下我们寝室的趣事和口误，后来还去图书馆借来教程，自己研究 PS 和 FLASH，高分过了计算机三级考试。

我们看着自己的卡通形象，先从纸上的黑白版到电脑上的彩色版，最后发现还能有情节有音乐地一帧一帧动起来，每个人都把她夸上了天。

毕业后小 Y 去某公司当了两年的储备干部，工作间隙也一直抽时间学课程、练画功，后来回老家省会，转行做了自己喜欢的动漫工作。这几年我看她的朋友圈，听她给我发的流畅语音，图文声色之间，觉得她的状态越来越好。

我真心感慨：30 岁，是对 20 多岁的梦想和努力的一次小型验收。

我以前采访过全球青年领导力品牌（Global Youth Leadership）的创始人张萌。

她 30 岁的履历，开挂得让人惊艳：北京奥运会火炬手，《非你莫属》特邀嘉宾，参加 APEC（亚太经济合作组织）、达沃斯、博鳌亚洲论坛如同家常便饭，做公益、出书、演讲也没闲着。

当我们听着总理的政府工作报告时，她和总理面对面；当我们在电视上看希拉里竞选时，张萌曾和她对过话……

我加了她的微信，她的朋友圈里时常晒出很多我在电视上才能见到的大人物，一下要拍第 6 本新书的封面，一下领到了奖状，一下录完喜马拉雅上《人生效率手册》的音频，一下晒出“下班加油站”App 公开课的笔记。

关键是，在各种合影和视频中，眼神放光、身形高挑、白皙知性的萌姐，长得还真是好看又耐看。我心中那个又忙又美的女人名单中，又多了一名猛将。我羡慕忌妒恨了一分钟之后，好奇她究竟对以前的日子动过什么手脚。

我问萌姐：“怎么拿到英语演讲全国冠军的？”

她说：“感谢自己定下的‘1000 天小树林计划’，每天早上 5 点起床去学校的小树林大声朗读 3 ～ 5 小时的英语，无视旁人的侧目和笑话。”

她是个不折不扣的早起星人，说：“这是我早上 5 点钟起床的第 18 个年头儿了，而且我还组群带着很多小伙伴早起。”

她吐血地给我安利跑步：“长跑真的能增强人体免疫力，以前我是个动不动就感冒的大病号，后来常去 400 米环形跑道上圈数递增地练跑步。现在就算周围一票人感冒流鼻涕，我都不会被传染的。”

她很关注每天的时间都去哪儿了：“我会记录自己每天干了什么，每周干了什么。统计数据是自我评估的依据，每年的大年三十我都会把自己关在屋子里，不断地复盘和评估。”

她说任何状态都要专注：“我工作时切换成工作状态，屏蔽掉其他杂事，在家陪父母时，几天都不刷手机。”

经过一番探听，以前我知其牛，现在知其所以牛。

她 20 多岁时的那些坚持、死磕、自律、专注和时间管理达到量变级别后，30 岁迎来质变是件顺其自然的事。

20 多岁，你有怎样的生活方式，30 多岁，就会有怎样的打开方式。

30 多岁脸上的胶原蛋白没减少、身上的代谢速率没变慢的人，20 多岁时多半饮食正常，作息规律，有运动习惯，会调节心情。

30 多岁在职场上不可或缺的人，20 多岁时也曾受过委屈躲在楼道里，擦干眼泪回到电脑前，在原先的基础上又新增 2 个备选方案。

30 多岁谈吐有料、文章有货、为人有趣的人，20 多岁时经常看书、旅行、思考，把见识和能力都结结实实地长在自己身上。

你的皮囊里，有你的生活习惯；你的能力里，有你的试错所得；你的人格里，有你的认知积淀。

人与人的目标和轨迹各有不同，但我喜欢的 30 岁打开方式是这样的：从 20 多岁起，边见众生，边见自己，不断新陈代谢，不断野蛮生长。

所有光芒，需要时间才能被看到。年龄没有比较级和最高级，只有顺承关系。

你 20 多岁时的生活方式，决定了 30 岁时的打开方式。

“15 分钟行动派”品尝到的人生果实好甜

1

给大家讲述一下我最近的买房经历，紧凑得像大片一样，全程无尿点。

投资天才的成功秘诀是，趁大家疯狂时冷静，在大家冷静时疯狂，而我们站在天才的对立面上。

这段时间，我们想换改善型住房和当地房价上涨的时间高度重合，所以每一步都走得紧锣密鼓，惊心动魄。

原本周末晚上 10 点，在视频中口头答应要把房子卖给我们的房主，第二天就反悔，我们只能在同小区里找退而求其次的代替方案。

星期一我和老公下班后，让中介带我们去看房。看完下楼，我们罗列了一下房子的优缺点，15 分钟以后，互相给了彼此一个眼神——买它。

中介迅速联系房主，等房主下班后，我们齐聚中介的办公室里，很快谈妥价格，决定签署合同。

房主快要签字时，之前看上她家房子却有点儿犹豫的人给房主打电话也想买房。于是，房主望向中介。说时迟那时快，中介告诉房主，合同已经启动了。电话那头的人失落地挂断了电话。

当天我们交定金、签合同，等到房子过完户，据说房价又往上跃了一级。

同事说我买房子像买白菜般出手迅速，因为我最受不了的就是拖着。我还有很多事情要做，赶紧买了，安心做其他事，不能让一件要做的事长期悬而未决。

以我们的经济实力，我们还远远没有到达挑房自由的阶段，明确了自己的需求和预算，看到满意的房子，就赶紧促成交易。

我的买房观是一辈子不会只买一次房，每个阶段都有相对理想的房子，先上车再说，以后以房易房就容易多了。

有的人陷在房子的缺点里，什么南北不通透、楼层不吉利、户型不够好，时间一天天过去，之前不太看得上的房子，涨价的涨价，卖掉的卖掉，手里相同的钱，却没了相同的购买力，休息时间不停地跑来跑去，回家后家人之间互相埋怨，只能感慨房价荒谬，懊恼出手太慢。

连岳说过："很多人无法做重大决定，买房买车，所有参数、所有变量都要仔细考虑，半年、一年下不了决心，等下了决心，事情又全变了，又得重新考虑，就这样考虑了大半生。"

2

我越来越感觉到，行动派的人生果实品尝起来就是甜。

我的行动派人格起源于深圳，我毕业就到深圳工作，找工作期间住在叔叔婶婶家。

有一天，我通过了笔试和机试的那家公司通知我去面试。面试完我回到叔叔家，大家一起吃晚饭时，与我面试的公司从事相关行业的婶婶，问我面试官都问我什么题目。

我回忆了一番，把能记住的问题和答案告诉了婶婶。复述到“面试官问我是急性子还是慢性子，我回答是慢性子，希望留给对方我做事认真的印象”时，我看到婶婶的眉毛皱了皱。

婶婶放下碗筷跟我说：“回答急性子比较好一点儿，在深圳这个地方，快比慢好。”

婶婶诚不我欺。后来我在蛇口工作，每天上下班都能看到“时间就是金钱，效率就是生命”的标语。

深圳是我的职业培训所，塑造了我至今的很多工作作风，这一特点也顺延到了人生重要的决定上。

行动派吸引行动派，我老公本来只是对我芳心暗许，得知我要离开深圳了，夜里深思了一夜，第二天来找我表白，想了若干理由劝我留下。见我坚持要走，他又回去想了一夜，说跟我一起走。

行动派可能内心早有想法，早有蓝图，遇到合适的机会、合适的人，就马上行动。

3

每当我犹豫不决时，就想想心中的行动派男神。

5 年就把日立公司从巨额亏损拉到高速盈利的川村隆说，自己在年轻的时候就养成了 15 分钟之内得到结论的习惯，如果不能在 15 分钟之内得出结论，那么就算为了这个问题烦恼 30 分钟或一个小时以上，也无法得出结论。

他这个 15 分钟不是张口就来，而是有一定的科学依据，一个人一次集中精神的时间只有 15 分钟。在同声传译行业，像国际会议或峰会之类的重要场合，翻译要每隔 15 分钟就更换一次。

川村隆曾经担任技术职务时，有过拿着产品设计图反复讨论“这个设计能不能行”的经历，事后总结说这完全是在浪费时间，不如先做个样品看，直接采取行动，因为“我是喜欢在奔跑中思考的人”。

我出版《当你自律自控，才能又飒又爽》以后，葛主编问我，他们准备在世界读书日当天，在某个视频 App 上跟我连麦，问我参不参加？我说 15 分钟后答复。

在这 15 分钟内，我的大脑飞速运转，本能上我当然不想搞什么视频连麦。我很少刷短视频，也没有自己录过，再说我的普通话不够标准，紧张起来会忘掉幽默，感觉自己和视频里那些美女的长相和身材有不小差距，会不会有读者看到我感到失望……

你在房间里看到一只蟑螂，说明房间里已经有很多只蟑螂，你的脑袋里想到一个借口，说明脑袋里已经有很多个借口，一串借口链填海似的盖住了你想行动的心。

过去很多事情的训练，让我习惯在“这件事很困难”这个句式后面加个后缀——“但我想试试。”

当想尝试的念头生出后，我立马下载短视频 App，点了中间的“+”号。软件智能到早已把屏幕上的我修颜完毕，整个人皮肤光洁、五官立体，自带上妆效果，感觉比照镜子时的自己瘦了一圈，美了一截。

积极的想法迅速占领头脑，之前我担心形象，现在觉得软件自带美颜功能，让一个生活中的普通人轻松达到了颜值上限；之前担心声音，现在认为播音腔才容易被当作白噪声，有口音的普通话，需要听众认真听，内容反而可能被记得更牢。

时间快到 15 分钟了，我点开葛主编的对话框，简洁地回答“参加活动”。

那段时间，我早起之后会专门调拨出视频时间，给自己化个精致的小妆，穿一身漂亮的衣服，录上一小段视频，存为仅自己可见的私密作品。

几个星期过去后，有一天我按照时间轴从前至后地翻看视频，发现自己进步明显，面部微表情和小动作减少了，口误的频率也降低了，面对镜头，神态更自然，眼神更大方。每天早上录个小视频，还美化了我一天的生活，带给我自信和好心情。

后来我听说活动取消后，心里有点儿失落，但又感谢快速行动的自己，体会到生活中的另一种乐趣。

有人担心快速行动会累，相反，我觉得很快做出决定并且付诸行动，是一条很好的休息建议。因为很多人纠结来纠结去也得不出答案，这样更累。你行动起来，某种程度上，是放大脑去休息，做完事情，验证了头脑中的想法，乘胜追击，败而转向，而不行动，什么都想过了，却什么都没有发生。

常常有人问："为什么我什么也没干，会觉得这么累？"

谜底就在谜面上，你累，正是因为你什么都没干。

你要么永远不踏出那一步，要么现在就行动。

逼自己一把，
也放自己一马

不知从何时开始，当我在微博发一些看书或运动的图文时，偶尔会收到读者善意的关怀：“大爽子，你别把自己逼得太紧了。你看看你，早上要早起，白天要上班，回家要带娃，娃睡了要写作，见缝插针地看书、运动、做笔记，虽然我佩服你的自律和上进，但别太累太拼了。”还有读者直接评价我是“写作圈的蓝盈盈”。

一次两次，还没往心里去，次数多了，我不禁自我怀疑：是不是我对外自律小天后、对内自律小刁民的人设过于固定？但实际情况是，我在娱乐、犯懒、休息、度假、游玩时，沉入其中，玩在当下，根本没空把玩乐或放松的一面更新出来，所以惨遭误解成一个对自己只逼不放的人。

学生年代，我信奉玩的时候好好玩，学的时候好好学。职场时代，我信奉工作的时候好好工作，休息的时候好好休息。

我初三、高三时，复习时间稍微长一点儿，当天或次日就会偏头痛；而当我放假时，哪怕多在床上躺几个小时，又感觉头昏脑涨，食欲隐身。

我这身体事很多，不能一直劳，一直张，也不能一直逸，一直弛。劳逸结合、张弛有度的活法，对我来说是绝对刚需。我尽量在一天内做到会逼自己一把，也放自己一马。

我记得我大学毕业后选择去深圳，面对父母亲朋的关心和担忧，自己这么宽慰他们："我去深圳打拼三四年，到那时觉得难以立足或不够快乐，就换个地方。"

一开始我就玩命工作。工作有指标，不达标就被炒的生存压力，让我全身心投入。国外的客户还没上班，我早已按照中国的上班时间开启工作；国外的客户下班，我才按照国外的下班时间准备离开公司。我简单吃点儿东西，回到住处继续工作或学习，周末泡在书城里阅览业务书籍，午休打开浏览器，默认网页就是业务论坛。我这样逼自己，业绩提升有目共睹，但身体大厦也轰然倒塌。

我逼自己逼到生病咳血，只能放自己回老家休养生息。安逸一段时间我又嫌太安逸了，满心抱负无处施展。

我再次去深圳发展，持续性逼自己一把，间接性放自己一马。四年以后，我攒下一笔钱，跟着中介去看房，评估了一番，盘算着不吃不喝多少年才能买套房子，最后结论是：算了，我换个二线城市吧。

到安逸的二线城市一段时间我又嫌太安逸了，工作上手，下班以后满身的才华无处安放，于是开始了自媒体写作。

我曾经看到一个辩论题目，说年轻人更应该放自己一马，还是逼自己一把？哪种人生态度更有利于个人和社会的发展？

支持放自己一马的正方辩友认为，从个人的身心健康来看，给自己充足的休息时间，来保障自己的身心健康；从个人长期发展的能力上看，工作总量 = 工作时间 × 工作效率，工作时间越长，工作效率越低；从社会角度来看，各国过劳死的年轻人数量直线上升。

而支持逼自己一把的反方辩友，人数不占优势，可能没时间辩论。反方辩友认为，做人不逼自己，跟咸鱼有什么区别？过去的你，会感谢现在逼自己一把的你。你不逼自己，社会就会来逼你。你先逼自己逼到取得成绩，才能按照自己的意愿放过自己。

在我看来，辩论总是辩得极端，放自己就是一直放，放到成为咸鱼，一事无成；逼自己就是一直逼，逼到过劳死，没时间休息？

我们的人生更像正态分布。

人很难持续性地逼自己一把，因为身体不答应，家人不答应，连想享受的自己也不答应。

人也很难持续性地放自己一马，马斯洛的需求理论不答应，一直威胁着要抛弃你的同龄人和时代不答应，连想终生成长的自己也不答应。

放自己一马，不是白天摸鱼、晚上躺平地得过且过和自暴自弃，而是让身体差、压力大、钻牛角尖、方向太多时的自己停一会儿，递杯水，擦一下汗，想想清楚到底转个弯还是继续走？

有时候人把自己逼到极限，不如就地放自己一马。

比如日立公司曾经面临巨额亏损，找到 69 岁的川村隆担任社长。这个烫手山芋让他举棋不定：是该逼自己一把勇往前行，还是放自己一马回避风险？困惑之际，他来到家附近的公园在杂树林中漫步。温暖的阳光洒满大地，他心中想着马上就要到春天了，情绪终于稳定下来，做出出任社长的选择，接着再用 5 年把选择做对。

再比如接近 100 岁的杨振宁。至今头脑清醒、思维活跃，这可能与他面对困难时不硬熬有关。他的老师回忆说，杨振宁读书时遇到难解的题目，处理方式和其他学生不一样——大部分学生遇到难题时习惯一鼓作气，解不出来就不休息，杨振宁却放下笔出去走一走，让头脑清醒一下，回来接着解题，难题最终被解了出来。

在时间观界，有着过去时间观、现在时间观和未来时间观的分类，每一类又有积极和消极的细分。

通过观察，我是过去时间观的绝缘体。过去的事，如果不是看在给我现在提供写作素材的苦劳上，我基本不会正眼看它。我的主打时间观是现在时间观和未来时间观，详细说来，我是现在

积极时间观 + 未来悲观时间观的结合体。

对现在，我无比赞成我想嫁的加缪所说的“真正的慷慨是把一切奉献给现在”；而未来对我来说，更像一个复杂难题，我只能相信笛卡尔所说的“难题要分开解决”。

有种说法叫作“一日即一生”，把从晨起到入睡的过程，视为人从生到死的一生，所以每天都要无悔而满足地度过，去享用美味，去见想见的人。这种说法乍一听好像很有道理，但一日和一生的区别是，下一生从头过，而明天是带着今天的经验和积累过的。

所以我的每一天，我需要一部分分步骤解决未来的难题，此处需要逼自己一把，武装起自己，对抗岁月的残酷，如果不逼自己会 72 变，谁来替我扛 81 难？我也需要一部分把一切献给现在，此处需要放自己一马，少做一点儿又不会死。

随着年龄的增长、阅历的增加，我逐渐找到适合自己的节奏：越是年轻，越应该适度逼自己一把；越是年长，越应该放自己一马；白天逼自己一把，晚上放自己一马；状态好的时候逼自己一把，状态差的时候放自己一马；工作忙的时候，写作上放自己一马；太惯着自己的时候，逼自己一把，太累着自己的时候，放自己一马。

我平衡工作和生活的“机器人”策略

作为一个女人，你如何平衡工作和生活？

我很喜欢看不同的女人对上述问题的回答。

有类女人循规蹈矩，按照字面意思理解，按照字面意思回答。有类女人觉得这是伪命题，区别在于有人认为工作生活难分家。有人觉得宏观命题很难具体分析。还有类女人性别观念强，略带怒气地质问：为什么女人就要平衡事业和家庭，男人怎么不用面对这个问题？

如果有人问到我，我的答案是“机器人”策略。

解释如下：工作中，我把自己当作机器；生活里，我把自己当作人。我用这个策略指导了我的工作安排、时间管理和精力调度，效果还挺好。

我不太懂爱因斯坦的“时间相对论”，但有一套自己的时间相对论，工作时，时间变快，生活时，时间变慢，建立在高效率、慢生活模式上的时间颗粒度，能大能小，能屈能伸。

我有个简单粗暴的分类，把世界上与我有关的事分为我得做的和我想做的。以我现在对人生的浅薄理解，我觉得很多时候，需要先做完必须做的事情，才能够或有心情去做想做的事情。

平均到每一天，基本上是每天完成了工作，做了必须做的事，做完以后赚到钱，我才能支付各种生活成本、娱乐成本、追求精神愉悦的成本。

在面对必须做的事时，我会尽量把自己当成没有情绪的干活儿机器。向上级汇报该怎么汇报，跟同事相处该怎样有效沟通，工作流程怎么处理效率最高，办公软件有什么技巧能够避免重复低效的操作，我很想成为工作上的情绪绝缘体，把自己打造出具备优秀执行力和填坑力的超级工作战舰。

工作中那些泛滥情绪，比如凭什么我要背这个锅，就因为我多做多错，同事少做少错？为什么我做那么好，领导看不见实干派，只看见邀功精？在各种自怨自艾、自怜自责中，我被拖慢了工作进度，也被拖垮了心态，对工作没有建设性帮助，对自己徒增破坏性打击。

工作归根结底就是 PDCA，就是若干环节的计划、执行、检查、行动，如此循环，升级，再升级。太多情绪会耽误工作，也把自己弄得不开心，关键是就算我不开心，还得接着工作，难上加难，不如赶紧做完必须做的事，把更多时间留给喜欢做的事。

工作当中，我致力于顺利解决问题。哪怕跨部门和急性子的同事沟通，对方说话说过头了，顺着本能下一句自己就可以跟他争执，但是我依然会“叫停几秒钟”，说“不好意思，我去一下洗手间，回来接着有效沟通”，给双方迅速冷静的空当。回来以后，大家换个节奏，理性沟通。

流水线的鼻祖亨利·福特曾说：“明明想雇的是一双手，怎么来了一个人？”我也不知道自己是退化还是进步，只觉得工资让我付出脑力和体力就够了，干吗还买一赠一地搭上情绪？这样不仅自己被掏空，对工作来说还是累赘，这么吃力不讨好的事情，我应该适可而止。反正我在自己身上验证过，太多情绪容易让我在工作上拖延和低效率。

真要有情绪，我宁愿是正面情绪，比如工作做得又好又快的成就感、帮人解决困难的幸福感。为了这些将来的正面情绪，我更是要克服现行过程中的畏难情绪、烦躁情绪和焦虑情绪。

把工作上该做的事做完，接下来我就可以做我想做的事情，那么，我的时间马上从原先快节奏的工作模式切换成慢节奏的生活模式，充分打开自己的五感，锐化自我感知，最快进入慢节奏模式。抬起眉眼，我连吃东西都带着正念，尽情调动味蕾，在爱人的眼神里周游列国，观察孩子睡着时呼吸的起伏，看小区的猫咪打打哈欠伸伸懒腰，这些可太有意思了。

我来说一个接地气的案例，演示一下我的“机器人策略”。

比如有一天，我要乘轻轨去办理某个手续，办完之后和老公约好去吃我们以前常去吃的那家猪排饭。

办手续是我得做的事，和老公吃饭是我想做的事。

对办手续，关键词是快速一条过。我坐轻轨时，调用记忆，坐在最后一节车厢里，到站后开门，离车站下行楼梯最近，于是便走到最后一节车厢，找个空位坐下来；打开手机上办理手续的指南，重温资料是否齐全，准备好疫情期间所需的绿码，想着如何跟办事人员解释自己略为特殊的情况。下车后很快到达办事地点，叫号后，排队过程中留心观察办事窗口有没有什么温馨提示，自己再做最后的查缺补漏。办理时我没出任何幺蛾子，一次性办理好了手续。

我做完得做的事情后，心里仿佛踏起轻快的小碎步，迎来想做的事情。我切换心情色彩和时间节奏，慢悠悠地走去和老公碰头的地方，一路上感觉蓝天蓝得真透，白云白得真软，身边的所见所闻都降低了倍速，风景如加了滤镜。走到碰头点，我看到了心心念念的人，和老公一路说说笑笑，吃吃喝喝，忘记手机，忘记烦事，悠然自得。

哪怕在写作时，我依然在用“机器人战略”。我写作的灵感基本上是在生活中产生的，是在慢下来的时候，真正体会自己或别人的心情和感受时有感而发产生的灵感。

但是当我要执行“写文章”这个程序时，又机器上身。选题提纲、写作技巧、遣词造句、详略分布、语气调整，这些技术活儿，越在相对理性的状态下我越能顺利完成。假如一件事还在气头上，我会尽量不动笔，怕将自己的戾气传染给读者。

我们在工作和生活相互渗透的今天，很难用铁门把工作和生活进行严格区分，但是仍然有所选择：面对本能上越不想做的事，情绪节能地赶紧做好赶紧拉倒；面对本能上特想做的事，留足时间充分愉悦地完成。

在面对必须做的事情时，我把自己当机器，是为了在面对想要去做的事情时，把自己当人。

我无法再年轻，
所以决定主动地活

一天，不管怎么过，总会过去；一年，不管怎么过，也总会过去。

当意识到日子不会重来，我也不会再次年轻以后，便下定决心要主动地活，原因在于：被动和主动的人生，差了两辈子。

我掩饰不住对“主动”这个特质的喜欢。不管是恋爱、娱乐、阅读还是休息，方方面面若是有了“主动”的介入，经历就会变得精彩纷呈、生机灵动。

1. 主动恋爱 PK 被动恋爱

关于恋爱，心理学家说：“男生没有主动找女生，说明他不想理她；女生没有主动找男生，因为在等男生找她。”

我欣赏会主动恋爱的女生。女生主动选择，主动布设，主动握手言和，主动放弃止损，主动给迟钝的男生多点儿时间，让对

方主动发现自己的真心，这不是什么情感策略，而是每个选择都充分尊重自己的感受。

我见过被动恋爱的人，明明心里喜欢一个人，却迟迟不肯行动，纠结主动显得廉价，但不主动会错过。错过和显得廉价，孰轻孰重呢?

当你懒得或不敢主动时，只能慢慢接受对你主动的人。当那个主动的人累了倦了，大概率会陷入“我主动，你不主动，你不主动，我也不主动”的循环中，很多关系就是这样没有然后了。

如果你和他距离 100 步，你走 50 步，他却一步都不走，即便你再喜欢，也适可而止。

感情是两个人相互走近，对那些更关乎一个人的事，不要被动，更要主动。

2. 主动娱乐 PK 被动娱乐

我当妈的头一年，夜里要起来数次，所以睡眠不好。白天的写作、工作、锻炼等任务，也让我一度觉得疲劳。我试过很多放松方式，发现主动娱乐的放松效果很好。

日本神经科医生桦泽紫苑曾说，娱乐大体上可以分为两类：一类是基本不需要专注力，也不需要什么技巧的“被动性娱乐”，典型代表就是看电视；另一类是需要专注力、设定目标，并需要不断提高技巧的“主动性娱乐”，比如读书、体育运动、智力游戏、演奏乐器等。

看书的人，在锻炼自己有意识地将注意力集中到某个对象身上的能力。而看电视的人，思路只跟着电视节目走就行了，不需要太多专注力，是一种分散注意力的负面锻炼方式。

有人质疑，娱乐了还惦记着专注力和成长性，这会不会太没劲了？以我的体验，看书如果能看到进入心流体验，那是最高级别的放松，忘掉周遭环境、逃过时间、没有杂念，在一个桃花源里逍遥快活、颐养天年，回到现实后酣畅淋漓、精力充沛。

3. 主动阅读 PK 被动阅读

阅读达人赤羽雄二给主动阅读下了个定义：读书的终极目的，是让书籍指导行动。

在他看来，主动阅读有 3 个要点：

（1）读书之前明确目的。你要先想清楚自己要做什么，自己现阶段的知识和能力还欠缺什么，然后再去有针对性地选书、读书。

（2）读书的过程中积极思考。你要把书中的知识和观点与自己的想法，以及自己的现实生活和工作，反复对比、分析，最后经过推理、归纳、总结等一系列思考活动，得出自己对某一观点的判断，或对某一目标的行动策略，读完后及时整理笔记。

（3）合上书本后快速行动。读书并不是越多越好，你反而要限制阅读时间，用更多的时间输出，多花时间去实践，把书本的内容转化成自身的能力。比如在工作中取得成绩，写书评以及演讲。

主动读书，就是要在阅读的过程中以“我”为中心，重点把握“我”的目标、“我”的感受和想法，以及“我”的计划和行动。

4. 主动休息 PK 被动休息

我产后有段时间过多地把精力集中在身体层面上，想要超越孕前状态。

那段时间我每隔一天进行 30 ～ 40 分钟的椭圆仪训练，周末去健身房跳操、练器械。

但越锻炼，状态越差，体重越重，我及时反思，运动是条开口向下的抛物线，达到临界点后，如果不注意休息，只会肌肉酸痛，做什么都提不起劲，意志力下降，导致吃得更多。

健身教练张展晖也说自己有些学员运动半天，身体状况更糟了。他说行百里者半九十，差的往往也就是这“十里”——休息。

你只有训练后进行有效的休息，身体才能有更好的表现。

休息是一种积极主动的选择，不是不得已而为之，不是节假日的主要任务，而是每一天都应该做的事。

不管忙不忙，很多人总觉得很累，大多选择睡个好觉、外出度假、泡一下温泉来放松身体，这样的方法可能对身体休息有用，但无法消除大脑疲劳。

休息不需要很长时间，只要你注意力涣散、无精打采、烦躁不安，就是大脑疲劳的征兆，在提醒你把在忧虑未来或懊悔过去的意识拉回到现在。

你可以采用正念呼吸法，坐在椅子上，挺直背部，腹部放松，手放在大腿上，闭上眼睛，感受与周围环境的接触，比如脚底和地板、屁股和椅子、手和大腿等。

通过鼻孔进入的空气，导致胸部和腹部的起伏，呼吸与呼吸之间的停顿过程中，每当杂念浮现，如果你把注意力重新再放回呼吸上面，哪怕两三分钟，也会有很好的效果。

尼采说，人的精神有三种境界：骆驼、狮子和婴儿。

第一境界是骆驼，忍辱负重，被动地听命于别人或命运的安排；

第二境界是狮子，把被动变成主动，由“你应该”到“我要”，一切由我主动争取，主动负起人生的责任；

第三境界是婴儿，这是一种“我是”的状态，活在当下，享受现在的一切。

我觉得婴儿境界太过高阶，我们能从骆驼跃升到狮子，生命质量就会有质的飞跃。

以前我一直觉得第三境界难以企及，只要从骆驼过渡到狮子，去领略广袤的人生，就足以不负此生了。

后来我的女儿出生，我发现就算大人拿各种玩具逗她，她只是随便笑一两声，而当她自己摸索着能够不用人扶着独自站一会儿时，她会一边颤颤巍巍地站着，一边无比开心地一直笑。

哪怕你到了“我是”的高级境界，主动掌握技能，主动开阔眼界，依然能体验到更高阶的开心。

或许你主动地活过，就不想被动地活着了。